El Robinson urbano

Biblioteca Antonio Muñoz Molina
Novela

Antonio Muñoz Molina

El Robinson urbano

Seix Barral

Obra editada en colaboración con Editorial Planeta – España

Diseño de la portada: Booket / Área Editorial Grupo Planeta
Ilustración de la portada: © John Sadovy /BIPs / Getty Images

Bajo el sello editorial BOOKET M.R.
Avenida Presidente Masarik núm. 111,
Piso 2, Polanco V Sección, Miguel Hidalgo
C.P. 11560, Ciudad de México
www.planetadelibros.com.mx

Primera edición impresa en España en Colección Booket: junio de 2016
ISBN: 978-84-322-2912-1

Primera edición impresa en México en Booket: junio de 2025
ISBN: 978-607-39-2858-8

Impreso en los talleres de Diversidad Gráfica S.A. de C.V.
Privada de Av. 11 No.1 Col. El Vergel, Iztapalapa,
C.P. 09890, Ciudad de México
Impreso en México - *Printed in Mexico*

Biografía

Antonio Muñoz Molina nació en Úbeda (Jaén) en 1956. Ha reunido sus artículos en volúmenes como *El Robinson urbano* (1984; Seix Barral, 1993 y 2003) o *La vida por delante* (2002). Su obra narrativa comprende *Beatus Ille* (Seix Barral, 1986, 1999 y 2016), *El invierno en Lisboa* (Seix Barral, 1987, 1999 y 2014), *Beltenebros* (Seix Barral, 1989 y 1999), *El jinete polaco* (1991; Seix Barral, 2002 y 2016), *Los misterios de Madrid* (Seix Barral, 1992 y 1999), *El dueño del secreto* (1994), *Ardor guerrero* (1995), *Plenilunio* (1997; Seix Barral, 2013), *Carlota Fainberg* (2000), *En ausencia de Blanca* (2001), *Ventanas de Manhattan* (Seix Barral, 2004), *El viento de la Luna* (Seix Barral, 2006), *Sefarad* (2001; Seix Barral, 2009), *La noche de los tiempos* (Seix Barral, 2009), *Como la sombra que se va* (Seix Barral, 2014), el volumen de relatos *Nada del otro mundo* (Seix Barral, 2011) y el ensayo *Todo lo que era sólido* (Seix Barral, 2013). Ha recibido, entre otros, el Premio Príncipe de Asturias de las Letras, el Premio Nacional de Literatura en dos ocasiones, el Premio de la Crítica, el Premio Planeta, el Premio Liber, el Premio Jean Monnet de Literatura Europea, el Prix Méditerranée Étranger, el Premio Jerusalén y el Premio Qué Leer, concedido por los lectores. Desde 1995 es miembro de la Real Academia Española. Vive en Madrid y Nueva York y está casado con la escritora Elvira Lindo.

www.antoniomuñozmolina.es

PRÓLOGO

Respecto a los restantes libros de Antonio Muñoz Molina, lo que más singulariza a El Robinson urbano *es quizá el modo explícito en que las referencias literarias no sólo constituyen el tejido interior de la estructura del texto, sino que, manifiestamente, aparecen en él en primer término: citas de Pedro Soto de Rojas, Luis de Góngora, Federico García Lorca, Garcilaso de la Vega, Carlos Barral, San Juan de la Cruz (siempre autores en español, pero de cualquier época) se incorporan, sin diferenciación tipográfica alguna, a la escritura de Antonio Muñoz Molina, que presupone así, acaso no sin fundamento, la complicidad de sus lectores, y con ello determina de antemano la naturaleza del público al que se dirige. En un terreno análogo se sitúan sus procedimientos estilísticos: en primer lugar, y de modo muy visible, la predilección por el adjetivo inesperado —que lo hermana con Borges— y, lo que es más, por la asociación de dos adjetivos o sustantivos inesperados de por sí e inesperados en su asociación: «música* liviana *y* cruel», «*un fondo* extraño *de violines* árabes», «*una mujer* desdibujada *por el paso de* los años *y la* ruina», «*en un presente* bárbaro *y* perpetuo» *(en este úl-*

timo caso, además, con intertextualidad manifiesta: «El presente es perpetuo» son las palabras iniciales del poema «Viento entero» de Octavio Paz). Llegaremos así fácilmente a la sinestesia («fragancia de umbría»), al verso («los bares tristes del atardecer») y finalmente a la greguería («hay bares tan tristes que sólo los visitan los difuntos», «Sé de una hora de la noche en que todos los taxis llevan un cadáver silencioso en el asiento trasero», «Me han dicho que en la noche de todas las ciudades hay un taxi que conduce a los descampados de la muerte a los viajeros que a él suben»). Los nombres de personas o lugares —frecuentemente extranjeros— subrayan aún más el carácter literario de la experiencia: la Alejandría de Durrell, Cavafis y Forster es quizá la ciudad emblemática del libro. Y, sin embargo, El Robinson urbano está lejos de ser un mero ejercicio literario: trata, por el contrario, de Granada, la ciudad en la que Muñoz Molina ha pasado hasta hoy más años de su vida y la ciudad en la que desde luego se formó como escritor. Es, de suyo, una ciudad literaria, y en tal sentido la alusión a Alejandría era inexcusable, en la medida en que se trata de ciudades gemelas en cuanto objetos culturales, fijadas en un tiempo de ayer que genera su propia tradición literaria e iconográfica, su propio mito, y hasta su propio kitsch. Quien escribe sobre ellas debe estar dispuesto a escribir sobre un mito literario y la suya será, ineludiblemente, si no escritura de mitómano o mitólogo, sí desde luego escritura de mitógrafo.

Unas condiciones expresivas del todo inhabituales, una rotunda capacidad de invención y una enérgica voluntad de estilo caracterizaban al escritor desde esta su primera salida. Pero aún más interesante que verle medirse con uno de los mitos mayores que la tradición literaria de las ciudades depara en Europa, afrontándolo desde la *experiencia de su cotidianidad, es quizá, en mi sentir, el hecho de que así podemos percibir la génesis de la novela más celebrada de su primera etapa:* El invierno en Lisboa. *En efecto, este transeúnte urbano que se ve en el caso de escribir sobre Granada algo parecido a lo que sobre su ciudad escribió Baudelaire en el* Spleen de París, *es además, y quizá ante todo, un escritor que desea crear un universo propio al modo rubeniano, esto es, «muy antiguo y muy moderno: audaz, cosmopolita». Es imposible que no me reconozca en este propósito: ha sido el de toda mi escritura. Mas ello no tiene ahora por qué interesar mayormente al lector; sí, en cambio, reclamará pertinentemente la atención de éste la circunstancia de que la Granada de dibujo de Gustavo Doré o de daguerrotipo antiguo o de abanico de Fortuny cede el puesto a una Granada urbana que puede ser todas las ciudades y ninguna, y en este sentido resulta análoga al Madrid de Ramón Gómez de la Serna e incluso a la metrópoli que avistó Lorca en* Poeta en Nueva York. *Por ahí este diario de anotaciones granadinas descubre su verdadera y más profunda naturaleza: no es sólo la vela de armas de uno de nuestros principales estilistas, sino el asedio y finalmente la toma de una ciudad para el catálogo de las ciudades imaginarias y realísimas que con palabras funda la literatura. En* El invierno en Lisboa *irreal es San Sebastián y es irreal Lisboa, las ciudades del jazz, en el país de Billy Swann y Floro Bloom (esto es: también en el país —y el París— de Proust, y en el Dublín de Joyce), pero estas ciudades irreales son, en el fondo, avatares, en el propio sentido hindú, de una ciudad real enteramente: la Granada de* El Robinson urbano, *que se nos muestra así como el taller en que se fragua el Clavileño que permitirá a Antonio Muñoz Molina viajar a la nueva cueva de Montesinos de* El invierno en Lisboa. *Esta percepción inicial aquí conquistada no se extingue desde luego en sí misma: ya que no en los escenarios de Mágina, que tiene su propia dinámica, dejará, en lo profundo, huella incluso en el Madrid de* Beltenebros *y de los* Misterios *epónimos, y en cierto modo hasta en las visiones de la vida ciudadana en Norteamérica de* El jinete polaco. *Mas no por ello deja de ser* El Robinson urbano *no sólo una muestra admirable de madurez inicial de un escritor, sino, con tanto derecho como* Granada la bella *de Ángel Ganivet, un libro esencial sobre una ciudad imprescindible en el legado cultural hispánico. Es algo más aún: una tarjeta de presentación que, como la carta robada del cuento de Poe, no fue advertida por todos al primer vistazo precisamente porque era mucho más valiosa de lo que resultaba entonces concebible imaginar.*

Pere Gimferrer

Barcelona, mayo de 1993

EL ROBINSON URBANO

«Un galope urbano y lento
del unicornio ambiguo.»

Rafael Juárez Ortiz

PRÓLOGO A LA PRIMERA EDICIÓN

Los artículos agrupados en este libro se publicaron, con una sola excepción, en Diario de Granada, *entre mayo de 1982 y junio de 1983. La excepción es «Todos los fuegos, el fuego», que apareció en la desaparecida revista* Olvidos de Granada. *Lo incluyo aquí, sin embargo, porque participa de la misma naturaleza narrativa que los otros y alude a una irrupción del fuego en la ciudad que tuvo entonces, para Robinson y sus amigos —tanto los irreales como los reales— una cierta calidad de signo.*

El lector que siguiera las apariciones semanales de Robinson advertirá, tal vez, que me he permitido correcciones menores y alteraciones del orden cronológico, e incluso que he suprimido casi la cuarta parte de los artículos originalmente publicados: la escritura, en los periódicos, se instituye en el presente, y sus normas no son del todo las mismas cuando se vierte a un libro que no quiere ser, como tantos al uso, una suma de artículos sin otro lazo común que el cosido de las páginas.

Desde su primera salida pública, El Robinson urbano *tuvo una muy precisa intención de unidad: vuelve ahora en un libro para que el lector, si así le place, lo acompañe en cada uno de los pasos de aquella aventura, cuyos episodios finales nunca hubiera podido yo adivinar cuando empecé a escribirla.*

A. M. M.

ESCUELA DE ROBINSONES

La mejor literatura de la modernidad la han escrito grandes robinsones urbanos. Para escribir sus *Confesiones*, De Quincey tuvo primero que morirse de hambre y desolación en las aceras de Oxford Street, madrastra del corazón de piedra. En una América que ya prefiguraba la locura de *Metrópolis,* Edgar Allan Poe vio en medio de las calles a su criatura más temible: el hombre de la multitud. En París, hacia la mitad del siglo pasado, Baudelaire reunió las voces de Allan Poe y De Quincey y supo reconocer la tiranía del rostro humano infatigablemente repetido en las multitudes y en los espejos de las calles, pero también descubrió el territorio de un vasto paraíso artificial: el placer, absolutamente inédito hasta entonces, de recorrer la ciudad sin ir a parte alguna y sin tener otra compañía que la propia voz en la conciencia. Literatura moderna, asido del instante, cuyo espacio natural eran las páginas apresuradas de los periódicos. Así, día tras día, se escribió el *Spleen de París.*

Pero tuvo que venir Joyce, cuyo centenario viviente celebramos, para dar forma definitiva al laberinto y al perfil del Robinson urbano. Ulises, primer náufrago y peregrino del que tenemos memoria, no busca ya su Itaca imposible en las islas del Mediterráneo —despojadas de todo misterio o aventura por los cruceros turísticos— sino en las calles tristes de Dublín. Ulises se hurga la nariz mientras mira los escaparates de las tiendas. Ulises apenas hace nada: sólo mira, camina, murmura, pura mirada sin voluntad ni propósito.

Los robinsones urbanos —De Quincey, Baudelaire, esos locos que andan por Granada ensimismados en su peregrinación— están mal vistos por la autoridad y por ciertos estetas de torre y azotea. El gran Juan Ramón Jiménez, cuenta Alberti, desdeñaba el mundo desde la doble altura de su azotea y de la Obra. Virginia Woolf, que no tuvo azotea por culpa de las inclemencias londinenses, rechazó desde su cálido saloncito de Bloomsbury esa larga noticia de un naufragio callejero que es el *Ulises* de Joyce.

Dicen que si uno pasea tranquilamente y sin objeto por las calles de algunas ciudades americanas se vuelve sospechoso para la policía: nadie más sospechoso que un hombre que no va a ninguna parte. Tristemente, la noche se cierra en amenazas y sirenas para los robinsones urbanos. Nos dan a cambio, como reservas de sioux vencidos, lugares nocturnos donde aún podemos gozar los módicos paraísos del alcohol.

Nos queda el día, por fortuna. Ulises, Robinson, el hombre de la multitud, el haragán, el loco, el músico ambulante, el niño que toca la trompeta y la cabra sabia que al son del tambor se sube a la escalera: para ellos, para nosotros, Granada es una gran Alejandría que a todos nos acoge en la bahía de sus plazas, en el tumulto abierto de esas calles que tienen todavía, que nunca llegaron a perder, su condición de zocos musulmanes. En Bibarrambla, al sol del mediodía, conviven sin apuro el ciego que grita los iguales, el cómico de la legua pintado de payaso y el hirsuto mormón a quien nadie quiere comprar su vida eterna de Biblia y hamburguesas.

Robinson es, ante todo, un mirón desinteresado y solitario. Tras demorarse al sol de Bibarrambla, enfila el Zacatín, incitado tal vez por los andares de una joven cuya sola presencia invita a seguirla. Su pupila enamorada goza por igual contemplando las caras de la gente, los corrillos de músicos mendigos, las vitrinas que le ofrecen libros, camisas, zapatos, Sagrados Corazones, relojes o sombreros que parecen sombreros de difuntos. Robinson espía: mil ojos abiertos quisiera tener para percibir de un solo golpe todas las cosas que la ciudad le ofrece. Reconoce caras que ha visto en el autobús, les asigna una historia, espía sin pudor conversaciones ajenas.

Mira los quioscos. Desea por un instante a una mujer que no verá nunca más. Le quema el rostro de un mendigo que oculta su vergüenza tras la solapa levantada de una chaqueta sucia. Contempla con agrado las maniquíes de cabeza blanca y calva de una gran tienda de modas. De Lawrence Durrell aprendió que una ciudad se vuelve un mundo cuando amamos a uno de sus habitantes.

En materia urbana, el buen Robinson tiene gustos omnívoros, y no desdeña, para escándalo de puritanos, los carteles de colores pegados por las calles ni las vallas publicitarias donde Rita Hayworth se quita gloriosamente el guante contra un fondo de rascacielos iluminados en la noche o Clark Gable sonríe ante un barco de rueda que navega despacio por el Mississipi. En las noches de lluvia lo excitan los reflejos rojos y amarillos de los semáforos en el asfalto húmedo.

El aire de la ciudad hace hombres libres, decía un refrán medieval. En cualquier caso, es ese aire el único que respira con placer el Robinson urbano. Tras las huellas de otros viajeros más audaces, estas crónicas que hoy inicio —también el náufrago de Daniel Defoe entretuvo su soledad con la escritura— quieren ser testimonio de una ciudad tan innumerable como la Alejandría de Cavafis y Durrell y tan cerrada como el lluvioso Dublín del señor Leopold Bloom. Paraíso cerrado, dijo el más riguroso náufrago granadino, pero también jardín abierto para quien sabe mirarla.

VINDICACIÓN DE LA RODILLA FEMENINA

Igual que algunas veces el naufragio de un buque devuelve a la playa más cercana no sólo una marea de petróleo y gaviotas envenenadas, sino también el cofre de un tesoro, así la moda tan del día que exige la vuelta a los sesenta e impone la nostalgia de lo que nunca existió como primer indicio de la modernidad nos ha traído, entre tanto despojo inútil, el regreso a nuestras calles de la añorada rodilla femenina. Como las libertades españolas, las piernas de la mujer han fulgurado libremente en este siglo durante brevísimos reinados que han hecho más duradero su recuerdo. Pienso en aquellas *flappers* de pelo corto e intrépidas rodillas que hacia 1920 enamoraban a Scott Fitzgerald, cronista de la *Edad del jazz* y viajero voluble en una Europa donde el surrealismo y el cine tomaban el relevo en la sublevación de las vanguardias. La historia se repite, sostienen quienes se empeñan en obligarla a repetir sus más lúgubres errores: en la mitad de los sesenta, y casi al mismo tiempo que los Beatles inventaban el submarino amarillo, Mary Quant volvía a descubrir la minifalda y una nueva sublevación propagaba sus fuegos de artificio por las costumbres y las artes, amenazando incluso — pero en seguida llegaban los bomberos— a los que Bob Dylan, que entonces era un rojo, llamó señores de la guerra. Aquí vivíamos aún en la inopia del primer siglo triunfal, pero afuera, en el mundo, la gente se daba al ácido, hacía una música lúcida y violenta, pintaba en las paredes versos de Arthur Rimbaud y al arrancar los adoquines de París para defenderse a pedradas de la policía hallaba en el subsuelo la arena de playas imposibles.

Pero en esta su tercera salida, la falda corta no viene vinculada al espejismo de ninguna revolución. Más que un signo de los tiempos, parece un lujo aislado, una extravagancia de muy dudoso porvenir en una década nacida bajo el signo de la desdicha y la sumisión. Modestamente, sólo cabe pedirle un poco de alivio para tanto desconsuelo, que no está en el mundo para volar al Katmandú con un ácido, y los escasos submarinos amarillos que aún quedan guardan un misil nuclear en las entrañas.

Si el erotismo de alcoba o gabinete con espejos se consagra con manifiesta preferencia a los territorios finales y secretos del cuerpo deseado, la imaginería visual del fauno callejero alcanza su mejor estímulo en ese espacio de la figura femenina que transcurre desde el tobillo al inicio de los muslos. Ignora la demorada contemplación, el cuerpo quieto y ofrecido. La espina del deseo surge de improviso y en seguida se escapa como un súbito prodigio. La mirada persigue una belleza a un tiempo accesible y prohibida, urgente, nunca inmóvil, que aparece al paso de un autobús o al otro lado de una esquina, que se apresura y huye y es aún más deseable en los breves instantes en que se olvida de sí misma, supremo gozo para quien sabe percibirlos.

La rodilla, delicia siempre apetecida pero tantas veces olvidada en favor de frutos más evidentes, aparece así, por sorpresa, en medio de una calle o a una hora que sólo prometía rutina, como el más claro objeto del deseo. *De cuánta gloria es cifra un cuerpo hermoso,* piensa, recuerda Robinson, contemplando en mitad de Plaza Nueva a una muchacha que ha tenido la virtud de aparecer, para deleite suyo, en dos tiempos simultáneos y a la vez distintos. Pues la ha visto en ese lugar preciso, en ese instante terso, pero también en la memoria donde guarda las imágenes de las mujeres aquellas, de piernas altas y rodillas admirables, que lo soliviantaban en su propia adolescencia, cuando aún no había sabido pronunciar el nombre exacto del deseo, cuando el deseo era una sensación nueva y temible que no tenía ni nombre.

La falda corta exige el aire público y la calle, exalta el cuerpo, no lo que lo encubre. Las primeras muchachas que se han lanzado a la ciudad con ella tienen el aire estimulante de estar ejerciendo un acto de su libre voluntad, un arrebato que nada tiene que ver con esas modas cuyo asombro se quema, mariposa barroca, en la propia luz de su rutina. La falda, vuelta emblema o breve bandera de alegría, las convierte en apresuradas heroínas de una causa cuya única norma fuera la belleza.

El erotismo urbano, que es visual y del todo desinteresado, desdeña por igual la petulancia del piropo y el asedio turbio del mirón. Más que en la conquista, que no suele tentarlo, Robinson se complace en diseñar para sí mismo imaginarias aventuras. Sabe que un vínculo secreto une la trama de la ciudad con las mujeres de sus calles. El amor dilata los sentidos: para un enamorado que busca a una mujer la ciudad se multiplica en esquinas sin ella y callejones hostiles. Robinson, único Adán de su dominio, prefiere no elegir. La ciudad lo envuelve en un amor plural, una pasión de espejos y poligamias visuales que en este mayo florecido se prolongan en umbrías sonoras y perfumes de naranjos y acacias. Cada acera se convierte inesperadamente para él en una playa de los feacios cuando se detiene y mira a una muchacha de piernas altas y desnudas, Nausicaa que ofrece y niega su adolescencia inalcanzable.

UN BUSTO EN EL SALÓN

Algunos siglos antes de que naciera el alcalde Pérez Serrabona, Gracián notó que el verde era un color mal visto por la autoridad. Por la reciente historia granadina cabe suponer que se refería al verde de los árboles. Hay modas que duran siglos, y en Granada, la preponderancia de los grises fue tan duradera que algunos pesimistas la suponían eterna. Y no abarcaba tan sólo la lúgubre indumentaria de las fuerzas del orden: en la ciudad, las manchas de verdor, establecidas a duras penas contra un clima ingrato, fueron desplazadas por potentes mareas de cemento y aire sucio de gasolina. Uno de los más vistosos ejemplos lo tenemos en el Camino de Ronda, que proyectado como carretera de circunvalación cercada de árboles —pero eso fue en tiempos de la República— tiene hoy el honor de ser una de las calles más espantosas de este mundo.

Aún hay quien se acuerda de cuando Calvo Sotelo era un bulevar donde, a la sombra inmersa de los árboles, uno podía sentarse a tomar una horchata en las tardes más irrespirables del verano. Incluso algunos nostálgicos cuentan a sus hijos cómo era el Carmen de los

Mártires antes de que, lo arrasaran para construir en él no sé qué hotel de cinco estrellas del que nunca más se supo.

Pero la moda de lo gris no conoció el desánimo en los últimos años de lo que los tímidos llaman el *Ancien Régime.* Tuvo, al contrario, una culminación magnífica. Hablo del Paseo del Salón. Un buen día vimos, asombrados, que devastaban sus jardines y empezaban pavimentando de hormigón, sin que nadie pudiera explicar el motivo de una decisión tan apasionada y repentina. La tiranía de la moda, que le dicen. El sobrio gris cemento contra la muy sospechosa gama de los verdes. ¿Leían a Gracián los últimos alcaldes digitales de Granada? En cualquier caso, no cabe duda de que abrigaban serias sospechas sobre la moralidad de la fotosíntesis.

Con la transición no sólo han cambiado algunos uniformes, sino que la moda municipal ha vuelto a deslizarse hacia lo verde. Algunos años atrás había quien hablaba de una Granada azul, de una *Granada roja* (un periódico clandestino se llamaba así). Por aquello del desencanto nos vamos conformando con que al menos nos devuelvan una Granada aproximadamente verde. Es sabido que los robinsones urbanos necesitan de vez en cuando arribar a alguna isla en forma de jardín público. Por primera vez en muchos años, deteniendo el avance de lo gris, ha resurgido, como después de una erupción volcánica en el Pacífico, una isla que ya creíamos perdida: el Paseo del Salón.

Pero el Salón no es sólo una isla en el espacio, sino también en el tiempo. Naden, si pueden, entre la marejada del tráfico, construyan una balsa con las últimas tablas de su buque perdido y pongan pie en la arena del

Paseo, a mediodía, si es posible, o en la hora tibia del atardecer. Habrán llegado a una isla de otro tiempo. Farolas de filigrana modernista, perspectivas de árboles poblados de pájaros que parecen estar cantando en otro siglo, y sobre todo, ese kiosco de la música donde es probable que acudan a escuchar el concierto de los domingos caballeros de *canotier* y bigote engomado y damas con sombreros *fin de siècle.*

La casi heroica iniciativa de rescatar del cemento y de la desidia lo que había sido espacio natural de uno de los más nobles quehaceres granadinos —el paseo a media tarde— resulta reveladora por lo que tiene de consciente anacronismo. Cuando después de tantos años de arrasarnos la ciudad con arquitecturas insensatas se quieren inventar lugares para el ocio, no hay más remedio que acudir a soluciones que ya estaban anticuadas hace siglo y medio. Y es que la tan necesaria ciencia del deleite ha avanzado tan poco que hoy, para hacer menos inhabitable el mundo, tenemos los mismos instrumentos que ya existían cuando empezaron a humear las primeras locomotoras: igual que si, para remediar el desastre del transporte urbano, se propusiera un regreso a las diligencias o a los ómnibus de mulas. Un día de estos alguien descubrirá con alborozo los tranvías eléctricos.

Practiquemos, pues, sin miedo, la audacia del anacronismo, frente a la irreverencia hacia el pasado de quienes llamándose a sí mismos conservadores por poco no dejan en pie ni la Torre de la Vela. En el Paseo del Salón está haciendo falta una estatua, un busto municipal y apacible, con su pedestal de alegorías y una glorieta donde los viejos y los novios puedan aburrirse con decoro, donde la gente perezosa pueda sentarse a leer el periódico a las once de la mañana, que es la mejor hora del día para no hacer nada. ¿A quién dedicar el busto? Ninguno de los políticos en ejercicio tiene los méritos ni la apostura que hacen falta para posar de estatuas, no como aquellos tribunos de antaño que ya en vida parecían bronces de don Mariano Benlliure. Por otra parte, dudo mucho que en estos tiempos de marketing y televisión les tiente la gloria como de andar por casa que deparan las estatuas en los parques de provincias.

Tampoco importa mucho: nadie, a no ser algún turista minucioso, se fija en las inscripciones de los pedestales. Basta que las estatuas impongan su presencia tutelar y esa mansedumbre con que soportan la lluvia y las visitas de los pájaros. El día en que se levante un busto en el Salón, habremos alcanzado por completo el siglo diecinueve. Con un poco de constancia, y si el tiempo no lo impide, es posible que alguna vez merezcamos llegar al dieciocho.

JUEGO DE LAS CONMEMORACIONES

Náufrago y desdeñado, sobre ausente, Robinson se sabe peregrino en una ciudad no menos ilusoria que Venecia o Tombouctou. Varios siglos de literatura y algunas décadas de folletos en papel cuché para el turismo favorecen un espejismo que perdura sobre la mediocre realidad, que avanza sobre ella y a veces llega a suplantarla, ocupando territorios enteros, calles numeradas por la imaginación y plazas que parecen concebidas para justificar una cita, una metáfora. Hay horas en que la noche se pone íntima como una pequeña plaza y, días enteros en que el Paseo de los Tristes no es un lugar de Granada, sino un paisaje de la literatura, y entonces, al contemplar el acantilado fantástico hendido por el Darro y las torres de sombra, uno advierte que está presenciando no una ciudad señalada por los mapas, sino una estampa de Gustavo Doré cuidadosamente proyectada ante el telón de la noche por una inconcebible máquina del tiempo. No hay palabra que no sea una cita, no hay acto que no encubra o no sea abiertamente una conmemoración. Sobre el plano visible de la ciudad se impone una segunda ciudad imaginaria, un tapiz en cuyo delicado dibujo se enlazan los pormenores de la fascinación y la memoria, y así resulta que cruzar una plaza se convierte en un viaje por el tiempo, y el solo gesto de subir una escalera o entreabrir una puerta del Albayzín puede conducirnos, a través de espejos inadvertidos, a una estancia imaginada por Washington Irving cuyas ventanas, al abrirlas, ofrecen un paisaje de Ania Nicolas.

El calendario granadino se transfigura en un ajedrez de cuadrículas como trampillas practicables que señalan, cada una, un homenaje, una trampa, un regreso hacia los túneles del pasado. Como en el misterioso juego de la oca, el azar de nuestros pasos puede conducirnos al porvenir en un salto prodigioso, sumirnos durante un lunes entero en el pozo de la desdicha o devolvernos del laberinto al treinta para empezar de nuevo esa ardua peregrinación que muy probablemente no termine nunca. Nada de esto es casual: en la Alhambra, en el patio que precede al Palacio de Comares, dos puertas simétricas e iguales entre sí se ofrecen a los viajeros, pero sólo una les abre paso hacia el Patio de la Alberca; la otra los devuelve sin remedio al punto de partida cuando más seguros estaban de alcanzar el final.

El nuestro es un extraño calendario circular donde cada fecha es una conmemoración y cada gesto una sublevación contra el olvido. Este periódico vive, como todos, al acecho del instante, pero también salta sobre el tiempo y quiere ser aquel *Defensor de Granada* que fue decapitado hace cuarenta y seis años. Vuelve a la galería la obra, nunca del todo ausente, de Manuel Ángeles Ortiz, y su regreso propone nuevas simetrías para la nostalgia. Sesenta años después, sus dibujos de artista todavía adolescente se muestran en la misma escuela donde el maestro recibió sus primeras lecciones de academia, en aquel tiempo remoto, gastado ya de tan enamoradamente recordarlo, en que esta ciudad iniciaba su plácida Edad de Plata. Pero 1922 no agota su legado en los dibujos de Manuel Ángeles Ortiz, pues en seguida, con sólo adelantar unas casillas, otra vez nos retrocede a una segunda conmemoración. Y el Corpus, que se anuncia con un cartel de 1896, quiere ser aquel Corpus mitológico en que García Lorca y Manuel de Falla concibieron el primer concurso de cante flamenco. Para que nada falte en la obstinada escenografía del pasado, los cantaores vuelven a la Plaza de los Aljibes y en las paredes surge el mismo cartel que Manuel Ángeles Ortiz dibujó hace sesenta años; como en 1922, Ignacio Zuloaga pinta cuadros de toreros y gitanas desnudas, escribe a Manuel de Falla cartas que vuelven del olvido y escucha, en la silenciosa Alhambra, la voz oscura de Manuel Torre.

Día tras día una voluntad unánime y a la vez dispersa exhuma las arquitecturas del pasado, y cada instante recobrado se enlaza con los otros en la trama de una única y vasta conmemoración. El 26 de mayo, Carmen de la Maza sube al escenario para ser la Mariana Pineda que imaginó Federico pero también Margarita Xirgu en 1929 y la Mariana primera, la ejecutada en el garrote vil hace ciento cincuenta y un años al final de una peregrinación por Granada que el Ayuntamiento en pleno reitera solemnemente para concluir, como la heroína, en el Campo del Triunfo: el viaje ritual arranca al tiempo la memoria de los héroes, y cada día se convierte en un cumpleaños imposible. Apenas desarmado el escenario que levantaron en la Plaza de Mariana Pineda para repetir así las verbenas de otro tiempo, un nuevo escenario se está levantando en otra plaza, porque el cinco de junio es preciso volver a 1898 y celebrar el nacimiento de Federico García Lorca. El día cinco, anuncian, a las cinco. No basta el día, es preciso calcular la hora exacta de una tarde que se desdobla en otra conmemoración: la de un cinco de junio en que conocimos —hace sólo seis años, pero parece que hubiera huido de nosotros una vida entera desde aquellos días— el fervor de una libertad cercada, igual que ahora, por la inminencia del miedo, pero no herida todavía por el desengaño de un porvenir siempre postergado o mentido. Junto a las estatuas de la ciudad levantamos otras estatuas fantasmales, y no hay día que transcurra sin añadir una casilla secreta o pública al juego interminable de las conmemoraciones. Dentro de un año yo recordaré, inconsolablemente, ese veintinueve de mayo en que perdimos la sonrisa sabia, la irrepetible hermosura de Romy Schneider.

LA FERIA DE LOS BÁRBAROS

Gentes venidas de las fronteras dicen que los bárbaros habitan en el Polígono de la Cartuja. Bajo tan temido nombre agrupan no un territorio preciso y roturado en los mapas, sino una forma del desprecio o del miedo que no se atiene a límites geográficos y suele repetirse en cada ciudad bajo diversas advocaciones. El Polígono, la Virgencia, La Paz, son Vallecas y Carabanchel, el Polígono Sur de Sevilla y el Verdún de los desterrados andaluces que en los años oscuros iban en trenes de ganado a poblar las orillas de Barcelona en lentas, en borrosas migraciones que a las gentes de bien les hacían recordar el avance de los bárbaros sobre el Imperio de Roma. Walter Benjamin escribió que las afueras son el estado de excepción de una ciudad. Desde ella, desde las calles seguras y conocidas, las gentes de bien temen, calculan, imaginan una gran región sin nombre ni leyes escritas de la que vienen heraldos de cuero negro y navaja, gitanos, chorizos, delincuentes, mendigos que esconden bajo los harapos la daga de la sedición y terribles adolescentes que roban y violan en las esquinas de la noche y antes del amanecer regresan al otro lado de sus fronteras.

A la ciudad envilecida por el miedo no le bastan rejas ni puertas tapiadas como nichos ni sirenas de policía que asolen sin motivo las calles. Es preciso que la amenaza, invisible y plural, adquiera la forma de un enemigo, y que el enemigo tenga un nombre y un rostro sobre los que descargar el anatema: los bárbaros, las gentes del Polígono, los que fueron desterrados de la ciudad para arrasar sus casas y levantar en los solares bancos con oficinas de cristal y sótanos de acero.

Se sabe que los bárbaros son innumerables. Tienen la piel oscura y la mirada turbia, y es fácil reconocerlos cuando hurgan en los montones de basura buscando cartones y desperdicios o dejan a sus hijos en las aceras con una caja de zapatos vacía y un cartel escrito con su extraña ortografía de analfabetos. Pero tal vez eso no sea más que una apariencia y detrás de cada niño que parece dormir derribado en una calle, de cada ciego que salmodia los números de la lotería, esté la mirada vigilante de un conspirador. Nunca se detienen en su avance. Hace poco se supo que la más temible de sus tribus había sido deportada a un barrio muy próximo a la ciudad, donde muy pronto, se asegura, plantarán sus chabolas hechas con cartones y hojalata en los patios de vecindad y arrancarán los marcos de las ventanas y los grifos de los retretes para venderlos en las chatarrerías. De sus autobuses, que bajan a la ciudad entre algarabías y retumbos de guaguas caribeñas, brotan niños descalzos, tenaces limpiabotas, ciegos, navajeros, vendedoras de claveles que asedian a los turistas e insultan a los guardias cuando tan gallardamente las persiguen por la Cuesta de Gomérez.

Por eso el nunca olvidado temor dio paso a la indignación cuando llegó a saberse que la feria del Corpus, cima y signo de una ciudad varada en la contrarreforma, iba a ser trasladada a un lugar que vagamente se suponía próximo al Polígono, que estaba sin duda tras la frontera de los bárbaros. No importaba el lugar exacto, sino la palabra que nombra la parte maldita, la certeza de una culpable sumisión a quién sabe qué chantaje de los posibles, de los futuros invasores. Vaticinaron que nadie pisaría esa selva. Dijeron que si alguien lograba salvar su cartera o su coche probablemente sucumbiría a la infamia de una violación. Preferían seguir ignorando la realidad: hombres sin trabajo devorados por la desesperación, descampados y bloques de pisos con ropa tendida en los balcones, domingos desolados que los bárbaros combaten como pueden, inventando verbenas con farolillos colgados entre los bloques sin calles y fuegos de artificio que alumbran de noche los barrancos roturando parques de muladares y desmontes que a veces alguna autoridad inaugura como si fuera posible inaugurar la nada o el desierto.

Con el envenenado desdén que esta ciudad prodiga a cualquier audacia, previeron el seguro fracaso de tan extravagante iniciativa. Imaginaron columpios sin nadie y tiovivos perdidos en aquella estepa. Mientras, en los alrededores, cuadrillas de bárbaros merodearían en espera del anochecer, hora propicia al navajazo. Para fomentar los augurios, públicamente se acudió a la mentira: dijeron que los bárbaros habían robado el motor de la noria cuya liviana arquitectura se levantaba ya en la lejanía como una confirmación de que lo imposible iba a suceder. Mientras tanto, hombres infatigables hacían crecer en la llanura castigada por el sol las calles de una nueva ciudad prodigiosamente surgida de la nada, como esas ciudades insensatas que los aventureros del caucho erigían en las selvas del Amazonas.

Condescendientes, incrédulas, todavía recelosas, las gentes de bien han asistido a la feria. Con asombro al principio, después con un cierto orgullo, como pioneros, se han aventurado a subir a la región de los bárbaros para comprobar por sí mismos —pero, como ignoran la memoria, no cabe esperar que se arrepientan o desdigan— que no ha llegado a cumplirse ninguno de sus vaticinios. Mientras pasean casi plácidamente por las calles recién abiertas miran la zona de sombra que comienza al otro lado de las luces, vigilan de soslayo, pero no ven por ninguna parte al enemigo que temían. Desde la cima de la noria, que en la distancia de los ilimitados atardeceres grises gira como una silenciosa rueda de luz imaginada por Fellini, divisan bosques de edificios donde tal vez habitan de verdad los bárbaros. Hay ya quien sospecha que los bárbaros no existen. Quien lo lamenta, pensando, como Cavafis, que esos hombres eran una solución.

BREVIARIO DE IMPOSTORES

En un momento difícilmente recordable de cierta noche en que Robinson, cumpliendo el precepto de los poetas malditos y Lou Reed, emprendió el desarreglo sistemático de todos los sentidos dispuesto a perderse en un paseo por el *wild side,* el lado salvaje o peligroso que tantos frutos promete y suele concluir en el silencio de un taxi y en la consabida penitencia del arrepentimiento y la resaca; en ese momento, digo, y en un bar de sombras rojas que el alcohol, la música y la *cannabis indica* exaltaban, un borracho desconocido le dio un abrazo de hermano largos años ausente y, apoyándose en él, le dijo: «Tú eres un mundo y yo soy otro mundo», para perderse en seguida en las tinieblas exteriores con los hombros agobiados por el peso inmenso de la lucidez y la ginebra. Pues no había dicho «Cada persona es un mundo», refrán banal y ya exhausto de tan repetido, sino que, mirando muy de cerca a Robinson, como si lo acusara de algo, lo había señalado con el dedo: tú, en este mismo instante, eres un mundo y yo soy otro, y no hay manera de romper el espacio de la soledad.

Hay otros mundos, pero están en éste, aseguran

Paul Éluard y los anuncios de colonias, y es preciso que todo Robinson que aspire a cumplir su oficio con la adecuada dignidad los descubra, traspasando el telón pintado que la costumbre instala entre la mirada y la perpetua metamorfosis de la ciudad. Debe, para conseguirlo, renunciar a su nombre y convertirse en extranjero. Un nombre es un pretexto, un compromiso, una resignación a las huellas y a las fotografías policiales. Los clérigos modernos y los maestros rurales, que siguen creyendo en la eficacia teologal de la psicología y la canción protesta, se obstinan en convencernos de que el hombre ha de encontrarse a sí mismo, como si uno no estuviera harto de encontrarse cada mañana en el espejo del cuarto de baño. A Robinson lo que le importa no es encontrarse, sino perderse y huir, cambiar de nombre, usar la máscara del Carnaval para irrumpir en las calles dejando al azar de su trazado la elección de las varias vidas posibles que lo están aguardando, vivir las siete vidas de los gatos en los ochenta mundos de Julio Cortázar. Y ése es un placer exclusivamente urbano: la prestigiosa aldea comunal, el beaterio pastoril que añoran los ecologistas cándidos, es un mundo cerrado que a nadie concede la hermosa libertad del impostor.

Por un portillo de su palacio, el califa Harun Al Raschid, disfrazado de mendigo, escapa a su nombre para atreverse a ser otro o a ser nadie entre la muchedumbre y los callejones de Bagdad. Cuando llega la noche, el doctor Jekyll se transfigura en Mr. Hyde y propaga el crimen y el miedo entre la niebla de Londres. Sherlock Holmes es un intachable *yonqui* victoriano, pero también un consumado burlador que se desliza proteicamente en los disfraces más extraños para internarse en los dédalos de la ciudad donde habitan los asesinos que tan misteriosamente lo fascinan. Tras la línea de sombra abre sus puertas a los audaces el Club de las Transfiguraciones Portentosas. De él salen los hombres convertidos en lobos, en monstruos, en héroes, en mujeres, en fantasmas de la Ópera, en cómplices de Arsenio Lupin y aliados de Fantomas. Estas cosas suceden entre nosotros y a veces son más increíbles que la literatura: en su archivo de lunáticos, Juan de Loxa tiene catalogado a un impostor que cada noche se viste de vieja enlutada y desciende al túnel del Darro armado de un cuchillo con el que degüella a los gatos vagabundos. Hay padres de familia que en ciertas confabulaciones de sombras se convierten en Marlene Dietrich o en espías del amor ajeno que después de rondar los parques y los despoblados como el vampiro de Dusseldorf vuelven a la luz ajustándose otra vez el nombre y el nudo de la corbata.

Porque el impostor, si no se pierde para siempre en un desvarío de simulaciones que va a dar a la locura, suele regresar al abrigo de su primera máscara. Se arranca dócilmente el antifaz y luego se cepilla los dientes y pone en hora el despertador. Así se rinde Robinson todas las noches, cuando las persianas metálicas de los bares decapitan la aventura inédita o fracasada de los impostores que han ido huyendo por las esquinas donde los gatos exploran los montones de basura.

Toda fiesta contiene en la promesa de sus dones la trampa de un lunes ya señalado de antemano por los relojes incesantes. A esa hora sin esperanza, Marlene Dietrich vuelve a ser la cenicienta de un negociado sombrío, Harun Al Raschid se despoja de su máscara de mercader o mendigo para regresar a la tiranía de su propio nombre, Mr. Hyde palpa de nuevo el rostro suave y afeitado del doctor Jekyll, Sherlock Holmes se resigna a la torpeza casi conyugal del doctor Watson, el vampiro abandona su apostura de Lord Byron malvado y se entierra bajo la losa y el destripador de los gatos granadinos sube de los túneles recobrando unos rasgos que tal vez todos conocemos.

En cuanto a Robinson, que pudo haber sido Lou Reed o Rimbaud o el héroe por un día de David Bowie, sube como un Sísifo penitente las escaleras de su casa y se planta en el espejo, sucia la pupila de alcohol y deseos aplazados, reconociendo en él las facciones del íntimo impostor. Porque a ver quién puede o sabe, quién se atreve a borrarse de la frente el número de su carnet de identidad.

SALUDA A ALEJANDRÍA QUE SE ALEJA

Para todo neurótico con vocación y constancia, cualquier edad del año o de la vida es ocasión propicia a la melancolía. Hay pertinaces melancolías otoñales, notoriamente fieles a la literatura, agravios de los perfumes de mayo que nutren cada primavera la estadística macabra de los suicidios y las revistas poéticas de provincias, pero hay también una escogida minoría de neuróticos que, desdeñando la vulgaridad como de Juegos Florales que tienen la primavera y el otoño, prefiere, para cultivar la tristeza, los días últimos del mes de junio, cuando la ciudad que habitan se queda vacía y va alejándose de ellos como un gran buque blanco o una marea que al retirarse deja que los talones se hundan despacio en la arena de la playa. Cada año el final de temporada es una fiesta lánguida que uno concelebra consigo mismo y para nadie en una soledad de plaza vacía en tarde de verano. En Granada, ciudad de rituales muy precisos, el tiempo empieza a detenerse en un incierto hastío hacia el final del Corpus, propagando en todas partes una sensación de desconsuelo que se fortalece luego en los cines helados y en los veladores vacíos de la Plaza Bibarrambla donde a las tres de la mañana quedan, oh dulces prendas, los papeles de estraza con lamparones de aceite que los noctámbulos finos usaron para envolver sus churros después de pasar la noche canónica en la Ópera. Y a la tristeza escolar y antigua del fin del curso se le añade la melancolía adicional de los farolillos que nadie se acuerda de apagar cuando amanece tras la última noche de la Feria, no tanto por desidia como para conseguir que los recuerdos vividos concuerden con la imagen final de alguna película mediocre. También, como en las películas, el fin de temporada tiene su banda sonora, y suele complacerse en elegir a modo de himno la partitura de alguna canción que sonará en la radio con premeditada insistencia y va a guardar traidoramente para algún día del porvenir la emoción o la amargura, la naturaleza exacta de este tiempo. En *El Cuarteto de Alejandría* suena de modo intermitente una canción francesa que es también el nombre de un perfume —otro aliado letal de la memoria, inmune al olvido y a la voluntad de olvido— y que se llama *Jamais de la vie.* Uno, que alguna vez quiso imaginar que esta ciudad podía ser Alejandría y contener aventuras tan entrelazadas y secretas como las que concibió Durrell, sólo conserva de aquel fervor caído el recuerdo de esa canción que no ha escuchado nunca, pero que tiene algo del lúgubre *nevermore* de Edgar Allan Poe y viene a revivir y diluirse en otra canción, ésta italiana, también sugeridora de las postrimerías menores que trae consigo el final de temporada. *Non sucedera più,* dice o advierte una hermosa voz en todas las emisoras de radio, y mientras tanto uno ve, testigo inmóvil, que la ciudad se va retirando en torno suyo, y se queda varado y esperando algo y queriendo fingir que, porque sigue viendo las mismas plazas y los mismos balcones alineados, la ciudad existe todavía, leal a sus deseos o sólo a sus costumbres, igual que siguen existiendo sus amigos y los bares que visita para entregarse sin gozo, pero también sin sobresaltos, a la tranquila dulzura del alcohol.

Pero lo cierto es que la ciudad se escapa, que los amigos desertan, que el tiempo se ha quedado súbitamente vacío, como si septiembre no fuera a venir nunca y los días de noviembre o de abril no hubieran existido, borrados por el fulgor cruel de un verano en el que no hay tregua ni consuelo ni posibilidad de compromiso o mentira entre la voluntad de vivir y el reconocimiento del fracaso. Y todo, el tiempo, el año, los cuadros, los amigos, los libros, las perdidas alucinaciones que durante nueve meses alumbraron la ciudad con un brío tan intenso que parecían romper sus límites para alumbrar el mundo, todo queda distante y encerrado en una campana de cristal, inútilmente recordado y muerto en las páginas de los periódicos, en las paredes blancas de las galerías, en la memoria de quienes aún no se han resuelto abandonar esta mentida Alejandría y se sientan cada noche en las terrazas de los bares con un incrédulo orgullo de supervivientes vencidos.

Basta echar unas monedas y pulsar un botón para que en la máquina de discos suene *Jamais de la vie*. Ellos, los supervivientes, costean de noche los lugares propicios donde una vez estuvo la ciudad y esperan el regreso de septiembre como quien cierra todos los balcones y se recluye en una habitación en sombras para esperar que llegue la hora tibia del anochecer. Salen a la calle y repiten los mismos ritos indolentes de todos los veranos, y desde los bares vacíos viene a ellos la música liviana y cruel de este tiempo de nadie, la misma música imposible que oyó desde su ventana Marco Antonio —lo cuentan Shakespeare y Cavafis— la noche en que supo que una ciudad y un dios lo abandonaban para siempre.

RAZÓN DE AMOR

Los signos de los tiempos están avanzando sin piedad: después de la gastronomía, la novela de aventuras y el santo regocijo de lo irracional y milagroso, se anuncia como nueva ola el regreso del amor. En las cercanías de París, y en un castillo que en tiempos de mayor perfidia hubiera servido de escenografía para alguna alucinación del marqués de Sade —a quien mi amigo Robinson, que ahora pasa los calores de agosto en la isla de Juan Fernández, ha preferido siempre al marqués de Bradomín— una cuadrilla de supervivientes de las modas culturales más sutiles de antaño (el estructuralismo y la semiología o semiótica, que en este punto no acaban de ponerse de acuerdo los autores) se ha reunido durante una semana para estudiar el sentimiento amoroso en un seminario que ostentaba, como elegante reclamo, el título de *Razón del amor / Razón del discurso.* Como los intelectuales españoles, igual que las damas de 1900, se desviven por permanecer al quite de las modas de París, la Universidad Internacional Menéndez y Pelayo ha dedicado un curso al amor, sin que las noticias que llegan a este remoto verano granadino expliquen si se trata del amor divino o del amor profano, y si entre tanto discurso y epistemología los eruditos a la camelia han dejado lugar a los diálogos platónicos de León Hebreo o a los madrigales de Gutierre de Cetina, a quienes tal vez la nueva ola arranque por una temporada del Olimpo triste del olvido.

Se sabe que en París y en Santander los sabios congregados han eludido con elegancia los aspectos carnales del amor, no sólo en su cotidiana actividad, que al fin y al cabo son gente respetable y madura, sino también en las materias de su estudio, ciñéndose, por el contrario, a lo que un periodista de la escuela madrileña ha llamado «los niveles psicológicos y filosóficos del tema». Maléficamente uno imagina a los cenicientos eruditos, con su agobio de bibliografía y alopecia, recorriendo, camino de las graves aulas, las playas pobladas de rubias candeales y mirando de soslayo el leve temblor de sus pechos desnudos mientras piensa, para serenarse, en Roland Barthes, cuyos escritos sobre el amor están siendo copiosamente reeditados en Francia. Quedarse anticuado es un error que desde Baudelaire se volvió imperdonable, pero ser moderno sin interrupción en este casposo país cuyos políticos más audaces tienen puestos los ojos en el siglo de las Luces es una hazaña no siempre exenta de suplicios. Vivimos en un continuo sobresalto. Apenas comprados en las trastiendas de ciertas librerías los tomos de Wilhelm Reich que editaba Ruedo Ibérico, y cuando aún no terminábamos de entender los misterios del orgón, hubo que apresurarse a olvidarlos, porque había que leer con urgencia a Sade y a Bataille, y si algún desdichado conseguía salir en su sano juicio de los pantanos de Lacan, era para descubrir con infinito desaliento que se alzaba ante él, como una selva oscura, la revolución teórica de la pornografía. De pronto, para estar a la última, hizo falta confesar sin el menor apuro que se leían las revistas genitales y los tediosos desvaríos para onanistas que empezaron a publicar los editores cultos, y deambular por los *sex-shops* con la liviana mundanidad de un joven estructuralista escandinavo que anduviera en busca de lencerías pecadoras.

Y tanto empeño inútil para descubrir al cabo que el sexo es una ordinariez y que es preciso desdeñar las sofocantes peripecias de la pornografía y aprender de nuevo el olvidado idioma, las palabras tanto tiempo proscritas, el lento asedio de sugerencias y ternura. Después de exhumar en los baúles de la adolescencia las novelas de Emilio Salgari, hay que seguir ahondando hasta encontrar las *Rimas* de Bécquer y los diarios lánguidos escritos en cuadernos escolares. Conviene no cerrar del todo la tapa polvorienta, por si acaso hiciera falta algún día rescatar los tebeos apaisados del capitán Trueno, que fue también enamorado caballero y tuvo en la isla de Thule una novia casta y boreal que se llamaba Sigrid y era en mi infancia modelo precoz de amadas imposibles.

Es dudoso que alguna vez alcancemos el sosiego de una sola certeza. Como la luz de ciertas estrellas remotas, las modas del mundo, espumas de las vanguardias, llegan a nosotros cuando su primer fulgor se ha extinguido. La derecha española vive en el temor constante de que las turbas tomen la Bastilla, pero la izquierda, simétrica en su anacronismo, persigue todavía la módica aspiración de convertirnos a todos en ciudadanos justos y benéficos, según el hermoso propósito de las Cortes de Cádiz. Tal vez cuando los sabios reunidos en Santander terminen de redactar sus conclusiones y nuestros intelectuales más lúcidos suspiren blandamente en los parques otoñales y en el suplemento literario de *El País,* la marea rosa y el revival del amor hayan sido desmentidos en Londres, en Nueva York, en París, por una nueva moda que otra vez nos condene al desconcierto. Nos quedará, sin embargo, el consuelo de saber que las palabras ahora vindicadas por los filósofos de la pasión han hecho la fortuna y la fama de dos españoles que han pagado su audacia con el escarnio culterano y el exilio. Sospecho tristemente que Corín Tellado y Julio Iglesias son nuestros únicos pensadores de vanguardia.

ELOGIO DE «EL SUIZO»

A Julio Cortázar le bastó media página memorable para explicar cómo se sube una escalera, pero los académicos de San Fernando han necesitado varios años para alcanzar una evidencia no menos transparente: que el edificio del café Suizo, ese encomiable tablón de anuncios que se mantiene en pie en medio de las arquitecturas más estúpidas de los últimos treinta años, merece sobrevivir. Porque entre nosotros cualquier breve victoria de la razón se convierte en un acontecimiento milagroso, la prensa ha celebrado el hecho con titulares de primera página, pero hay en él algo inquietante. ¿Serán precisos años de trámites sin fin, dictámenes de sabios, manifiestos y desplantes y acuerdos municipales cada vez que los héroes de la piqueta pretendan derribar alguno de los muy escasos edificios antiguos que quedan en Granada? ¿Y a quién habrá que elevar las rogativas si, en algún caso, los remotos académicos deciden que una cualquiera de las casas que han ido dibujando durante siglos el perfil de esta ciudad no merece siquiera el modesto indulto concedido al Suizo?

Monumento local, ha decretado el cónclave después

de consultar los minuciosos oficios y los expedientes que han llegado a sus manos al final de un viaje lentísimo por los despachos de este mundo, y aun del otro. Pero no hay nada más útil que la coartada de lo monumental para arrasar una ciudad entera, porque lo que la hace no sólo hermosa y única, sino también habitable, no son tanto los edificios que fomentan en las muchedumbres japonesas el arte inveterado de la fotografía como una trampa peculiar lentamente urdida por las miradas y los pasos de quienes han vivido en ella. Una ciudad no es un museo, sino la dilatada memoria de sí misma. Granada es la catedral y la colina de la Alhambra, pero también cada recóndito patio con columnas del barrio de la Magdalena y los postigos entornados de la calle Elvira y los hondos portales que en la noche del Albayzín invitan a pisar el territorio misterioso de los gatos y la sombra. Granada son las casas alineadas del barrio de San Lázaro, que por no ser monumento ha sido devastado hasta reducirlo a un muladar cuyos últimos habitantes sobreviven cercados por los escombros y las ratas. Granada fue, deliciosamente, la casa donde estuvo *El Defensor* y ese balcón ya imposible desde el cual veía Federico García Lorca la estatua menos heroica que nupcial de doña Mariana Pineda.

Agotada la indignación, el peregrino recurre a la nostalgia. Juan Bustos exhuma en los periódicos fotografías antiguas de una ciudad que ya no existe y son como aquellos daguerrotipos de Dios que perseguía en Macondo un personaje alucinado de García Márquez. Juan Bustos esconde la cabeza bajo la cortinilla negra de su máquina de retratar el tiempo y el relámpago de magnesio alumbra por un instante una ciudad desconocida en la cámara oscura de la memoria. También el

Suizo es un daguerrotipo, pero eso lo ignoran los académicos de San Fernando. Según las horas, el Suizo se parece al café Gijón o a esos casinos agrarios de los años treinta donde los carcamales de la CEDA dormían su siesta de galápagos agitando de vez en cuando *El Debate* para sacudirse una mosca o un mendigo. El Suizo conserva, para los viscontianos locales, el prestigio de las columnas con capiteles dorados y los espejos, pero en lugar de lámparas de gas hay en el techo tubos de neón artísticamente agrupados en estrellas y divanes no de cuero o terciopelo, sino de evidente eskai. Ni siquiera los carcamales, que siguen durmiendo la misma siesta que comenzaron cuando el general Pavía les quitó el susto de la primera República, se mantienen fieles a su pasado, y en lugar de *El Debate* usan *El Alcázar* para sacudirse los mendigos y las moscas.

El Suizo, como el Paseo del Salón, es una isla, y basta cruzar su puerta giratoria para adentrarse en una región del tiempo ambiguamente situada entre el presente y el recuerdo. Sus camareros de chaleco negro y pajarita sostienen las bandejas con la apostura solemne de quien posa para las fotografías o las estatutas del porvenir, y los leves signos de decadencia que se advierten en él señalan el asedio inhóspito de la realidad, pero sobre todo la lenta herrumbre color sepia que adquieren con el tiempo las fotografías antiguas. Sin saberlo, los académicos de Madrid han indultado a un espejismo.

LAS MAÑANAS, EL CENTRO, LA SERENIDAD

A las nueve de la mañana hay una fragancia de umbría en las plazas de Granada. El sol es todavía una claridad dorada que avanza sobre los tejados y las copas de los árboles y perfila en el intacto azul la torre de la catedral. Sobre las losas mojadas de la Plaza de la Trinidad el estampido de una moto —también madrugan los imbéciles— alza un sobresalto de palomas, y en una esquina de Bibarrambla el hombre talado por la cintura que vende lotería sentado sobre una espuerta termina su café con churros, se limpia los dedos en un papel de estraza y se aclara la voz para pregonar los números con gritos de eunuco, perdido entre las altas piernas de los que pasan a su lado. A las nueve de la mañana, con las manos en los bolsillos y la mirada atenta, yo practico el minoritario placer de no ir a ninguna parte. Solemnes mujeres con guantes de goma y delantales amarillos vierten cubos de agua fría sobre sus tenderetes de higos chumbos. En la radio de una librería madrugadora y desierta Manzanita canta la olvidada *Rain* de José Feliciano con un fondo extraño de violines árabes. Un caballero silencioso examina las hileras de libros con esa joroba cultural que adquiere la gente en las librerías, y todo tiene un aire amortiguado, un ritmo lento, como los pasos de la gente que compra un periódico y se aleja despacio o la parsimonia del vendedor que dispone ante un kiosco los montones de revistas como si ordenara cajas de fruta.

Se trata de no hacer nada, de obedecer los pasos señalados por el azar y las calles, de rendirse a un olor de hierba mojada al cruzar un jardín o, acodado en la barra de un café limpio y vacío, tomar el desayuno mirando a las primeras muchachas de tacones altos que se apresuran camino de las tiendas y las oficinas. A veces, a esa hora, el azar todavía no fatigado prodiga la gracia de un encuentro, y entonces no hay ocupación mejor que sentarse bajo los árboles de Bibarrambla para compartir con un amigo, poeta espléndido y sabio, una conversación sobre Marilyn Monroe y Catulo. La brevedad de los placeres que se ofrecen en la única hora habitable de las mañanas de agosto los hace aún más valiosos para quien no ha podido marcharse de la ciudad y sobrevive como un fantasma a tardes irreales y domingos desiertos. Muy pronto, cuando el sol alcance las losas de la plaza, el aire ardiente, el fervor de los mendigos y la grey del turismo errante convertirán a la ciudad en una trampa irrespirable.

Robinson, a quien su privilegiada inexistencia le ahorra, entre otros suplicios, la penitencia del trabajo, abandona hacia mediados de mayo el hábito de quedarse en la cama hasta las once, y a veces puede vérsele, muy temprano, escuchando al viejo que en la escalinata de la catedral se ovilla sobre su acordeón de pasodobles tristes o deambulando sin prisa entre los puestos del Mercado. Entra en la catedral y lentamente recorre las naves sombrías, heladas como el aliento de un pozo en cuyo fondo se advirtiera un relumbre de oros litúrgicos, se pierde entre las columnas blancas e iluminadas en su cima por una luz como de otro mundo, y cuando vuelve a la calle lo deslumbra la claridad del día y lo invita a proseguir su peregrino oficio.

A las nueve de la mañana, el ejercicio de la pereza adquiere el mérito de un acto positivo, de una privada rebeldía. Del mismo modo que se cierran calles al tráfico para imponer en ellas la olvidada delicia de caminar tranquilamente, es preciso también que ciertas horas condenadas a la disciplina y los relojes sean convertidas en breves jardines para la indolencia. Y así, igual que existen desayunos de trabajo, hay que inventar desayunos de placer, y concertar las citas amorosas no en los atardeceres, tan desprestigiados por las postales y la literatura, sino en la primera hora del día, de tal modo que madrugar no sea ya un castigo, sino una obligación de la felicidad. A esa hora se citaban dos enamorados muy jóvenes, y sin duda clandestinos, a quienes en los amaneceres de mi adolescencia yo veía caminar abrazados por las calles sin nadie, cruzándose, sin advertirlo, con hombres tristes que los miraban con rencor.

La literatura, que ha exaltado siempre el prestigio de la noche, sólo muy raramente se ha ocupado de los modestos goces que deparan las mañanas. Francisco Umbral ha escrito un libro, *Los amores diurnos*, sobre los amantes que no se resignan a esperar a la noche y se encierran en las alcobas mientras otros doblegan el cuello en el trabajo. Y Borges, que antes de sumirse del todo en una ceguera de sombras amarillas fue un Robinson tenaz por las calles de Europa y de Buenos Aires, escribió en el prólogo de uno de sus libros de versos: «En aquel tiempo, buscaba los atardeceres, los arrabales y la desdicha; ahora busco las mañanas, el centro y la serenidad.»

CAPITAL DE LA LOCURA

No hay día en que la prensa no traiga el sobresalto sombrío de un crimen o una muerte sucedida en un piso cerrado, como en los folletines de Gaston Leroux, y lo más temible no es el crimen en sí ni la ceremonia de la agonía, sino la soledad de un cadáver cuya presencia sólo es advertida por el vecindario cuando el olor y la lenta conspiración de los gusanos propagan la mala nueva de la muerte bajo las puertas blindadas y los ascensores donde la gente sobrevive o sobremuere, al final del día y en la cara oculta de la ciudad. Hace algunos meses contaron las crónicas de sucesos la historia de una mujer que había permanecido durante seis años muerta y sola y viuda de sí misma en el dormitorio de su casa, y cuando por fin derribaron la puerta vieron su cadáver momificado bajo la colcha de encaje, el pelo blanco sobre la almohada amarilla y los ojos vacíos ante el espanto de la oscuridad. Y el mes pasado vino la noticia del suicidio de dos hermanos que se tapiaron a sí mismos para morir de hambre en un piso de Madrid. A la heroica resolución del pistoletazo romántico prefirieron el arduo ejercicio de una doble voluntad obstinada en la muerte, confinados para siempre en la isla cerrada de su locura.

El gran Bioy Casares, un escritor al que muy pronto será imperdonable no haber leído, ha escrito que la soledad en las ciudades «peligrosamente se parece a la locura». Sucede así que algunas veces, cuando los veleros de los navegantes fondean en las bahías de las islas desiertas, encuentran en una cueva donde sólo viven alimañas o entre las tablas podridas de alguna choza devorada por la maleza, los indicios, deshechos por el tiempo, de una vida, un nombre y tal vez una fecha remota grabados en un árbol, y el esqueleto de un náufrago que muchos años atrás, envenenado de silencio, renunció a seguir parado frente al horizonte en busca de la vela blanca y la columna de humo que le anunciaran la posibilidad de la salvación o el reiterado desengaño. Pero hay también, en las ciudades y en las islas, robinsones enloquecidos que han perdido el uso de la palabra —callan porque les da miedo su propia voz— y deambulan sin norte como aquel Cardenio loco y enamorado que encontró don Quijote en la espesura de Sierra Morena.

Como los náufragos de los libros, los robinsones de la ciudad pierden a veces la razón y escogen el desvarío público o la muerte lenta en pisos de renta antigua con pasillos como túneles, relojes de péndulo detenidos en los primeros años del siglo y postigos tapiados que no dejan entrar la claridad ni el aire. Consuman el delirio o son sacrificados a él tras el secreto de las puertas cerradas, como le sucedió a ese hombre vestido de mujer al que hallaron estrangulado en la bañera de un piso de Madrid: más tarde se supo que era un impostor, y que al final de la noche se despojaba de la peluca rubia y los polvos sonrosados para transfigurarse en ordenanza de la Diputación.

En Granada, la locura es todavía un oficio de la plaza pública, como en las ciudades medievales, y el loco vagabundo tiene el aire ausente y pacífico de los *piantados* de los tangos. Yo conocía a un hombre con nariz de boxeador, abrigo negro y gorro de astracán, que andaba siempre con muchos libros bajo el brazo y pasaba los días esperando, en la puerta del Palacio Arzobispal, a que llegara el Nuncio de Su Santidad para ordenarlo sacerdote. «Sólo permitiré que me ordene Monseñor Luigi Dadaglio», me dijo, y en señal de amistad me pronosticó que viviría feliz durante doscientos sesenta y nueve años. A veces me he vuelto a cruzar con él, pero ya no me reconoce, porque en su memoria no caben más que un designio y un nombre, y todavía sigue dando vueltas a la estatua de Alonso Cano, solo y al acecho, esperando la llegada del Nuncio, tan perdido en el mundo como aquella vieja que hace algunos años se paseaba por las cercanías de la estación arrastrando noche y día unos zapatos con los tacones gastados y dos maletas de madera que apenas podía levantar, como si siempre estuviera a punto de tomar un tren que nunca llegaba. Tampoco vendrá, pero a ella no le importa, o no lo sabe, el tranvía de la Sierra que una mujer desdibujada por el paso de los años y la ruina espera al final del paseo de la Bomba, ante un puesto de caramelos y abalorios y pajaritas de papel que ella prepara cada mañana para vender a los viajeros de un tranvía que no existe.

Dicen que Granada es o va a ser la capital cultural de Andalucía, pero, dejando a un lado tan improbable privilegio, no es aventurado afirmar que desde hace muchos años esta ciudad posee la capitalidad de la locura. Si las cofradías culteranas tienen su sabios tutelares y no hay devoción que no se acoja al beneficio de algún fray Leopoldo, la muchedumbre de los piantados, locos y robinsones granadinos tiene como patronos a dos difuntos memorables: María Alaminos, reina en harapos de la noche y las alcantarillas de Granada, y aquel hombre, peregrino infatigable, que dormía de pie ante las hogueras nocturnas de los taxistas y andaba como emboscado en su propia sombra, con el pelo turbulento y la barba salvaje de los naufragados, mirándolo todo como desde el otro mundo con sus pupilas que miraban como las de los gatos en la oscuridad. Él mismo era su naufragio y su isla, y los amaneceres lo sorprendían caminando por los callejones del insomnio. Nadie sabrá nunca si rompió su silencio cuando lo cercaron para matarlo, pero aún debe existir su última y más temible mirada en el recuerdo de sus asesinos. Igual que otros eligen la indignidad o el fracaso, aquel hombre había elegido la locura.

SEPTIEMBRE ESCUETO Y ROSA

Donde menos se espera salta la poesía. Hay carteles de cine y vallas publicitarias cuya belleza arrebatada y urbana sólo perdonarán los apocalípticos cuando al cabo de los años, y en la cámara frigorífica de algún museo, el funcionario pertinente les expida un certificado de sublimes, hay páginas de periódico donde es posible gozar las geometrías misteriosas de Piet Mondrian. Leo en un anuncio de ropa que, en septiembre, «el tiempo se hizo escueto y rosa», y encuentro en él la confirmación de un vaticinio que se precisa en seguida con el rigor de los manifiestos vanguardistas: «El invierno 82 huye de las formas obvias, de los colores obvios, de todo lo que es fácil.» Tras el muy obvio verano de la ciudad, la temporada otoño-invierno se anuncia, como las modas cultas, escueta y rosa, viva y libre a despecho del crimen y las catástrofes que la radio enumera mientras escribo, a despecho, incluso, de las señales del Milenio: las elecciones de octubre, el Papa y su pompa babilonia, el cometa Halley y la sangre de San Pantaleón. Al cabo de dos meses de repetir sin esperanza tantas esquinas de ausencia y tantos bares desiertos o cerrados (hasta Robinson había huido de Granada) la ciudad revive en este septiembre tibio y prometedor como un papel en blanco donde alguien, nosotros, comienza a diseñar sin miedo las utopías urgentes de un porvenir que se ha iniciado sin aviso.

Juan Vida abre en Málaga, con su pintura —rosa neón, amarillos violentos— una sucursal del trópico habitada de selvas y pájaros y mulatas desnudas, y vuelve luego a Granada luciendo el bronceado colonial y la sonrisa de los indianos aventureros. Rafael Juárez publica un libro de poemas breve y admirable, pero en lugar de ofrecerlo en los escaparates, se permite la elegancia de guardarlo en su trastienda de librero antiguo y lo reparte sigilosamente entre sus amigos, como un don secreto, como si regalara, en lugar de un libro, esa rosa de niebla que él ha añadido a la historia natural y cuyos pétalos imaginarios tienen el tacto y el perfume de la tipografía tan sabiamente culminada. Javier Egea celebra el dinero que la diputación de Huelva le ha prodigado a su *Paseo de los Tristes*, inundando de claveles rojos y de copas derramadas los últimos bares nocturnos, y cuando cierran los bares y se anuncia el amanecer, un cortejo nómada lo lleva en triunfo a las tabernas con entoldados y farolillos de papel donde los bárbaros del arrabal celebran su fiesta de septiembre. Mientras tanto, en el jardín cerrado de don Pedro Soto de Rojas, que él ha sabido poblar de tigres apacibles, Antonio Carvajal cuida los últimos pormenores de su poesía completa, que va a publicar Hiperión. Y hasta Robinson, hombre insular y huraño, comparte sus tardes de indolencia, y su mesa en el café Suizo, con un Apolodoro, amigo suyo, que discute en secreto con él los planos de mecanismos imposibles, y ha inventado la máquina incruenta para cortar jazmines y la máquina de coser el tiempo, llamada también, porque este Apolodoro es un poco afrancesado, «Le Télémaque à vapeur».

Tal vez sea preciso que alguien vaya calculando la forma exacta de la nostalgia que habrá de endulzarnos, o mentirnos, el recuerdo de este septiembre tan enfebrecido de dones que al fin parece estar a punto de cumplirse, alguien que recuerde y sepa nombrar para nosotros mismos y nuestra memoria infiel todos los signos que ahora se vislumbran, cuando el verano, que es un estado de espíritu, como la libertad para Valéry, se va extinguiendo sin gloria, y la naturaleza imita sin el menor escrúpulo a Oscar Wilde dejando huérfanas de golondrinas a las estatuas de los parques. Con resignada pesadumbre, las estatuas aguardan el aire gris y el desconsuelo de diciembre, pero en las calles de la ciudad, que ya se despueblan de las últimas, de las improbables escandinavas, en los veladores de los cafés y en las plazas donde otra vez se enreda el juego de las apariciones y las citas, hay el indicio estimulante de una aventura cuyos primeros signos trazan la imagen de una ciudad que vuelve a abrirse despacio, como esas flores japonesas de papel que fascinaban a Marcel Proust.

Primero aislados, como fogonazos de guerrilla en la espesura del tedio, los signos se suceden y agrupan todos los días para romper el cerco de nuestra minuciosa condenación a la maledicencia y la asfixia. Olvidando los latines decrépitos de Nostradamus y los designios, no menos lúgubres, de los boletines oficiales, la gente pinta y escribe, hace música, imagina periódicos y empieza a usar la libertad con la audacia de aquellos tiranicidas que salían de noche a escribir con un spray las consignas de la sublevación. La frágil edad de plata que tal vez se avecina huirá, como la moda de otoño-invierno, de las formas obvias, de los colores obvios, de todo lo que es fácil, porque —lo hemos aprendido de Lezama Lima— sólo lo difícil es estimulante. Ha terminado el juego de las conmemoraciones.

LOS NIÑOS TERRIBLES

Con el desconsuelo enlutado de las viudas la mujer iba por la calle empujando un cochecito de niño —recogido, tal vez, en un montón de desperdicios— del que se derramaban, hasta rozar el suelo, las piernas blancas de una niña inválida y como dormida, demasiado grande para aquel coche y para cualquier otro, como si hubiera crecido sin que lo advirtiera su madre, igual que esas tontas decrépitas con lacitos de raso, calcetines calados y tirabuzones de estopa que sus padres pasean de la mano para mantenerlas en un limbo idiota donde se confunden sin remedio las babas de la primera infancia y los desastres de la vejez. La mujer, con una tenacidad que tenía algo de locura, empujaba el coche descabalado de la niña, y de vez en cuando se paraba para arreglarle los pliegues de la falda y mostrar a los transeúntes un cartel atroz depositado sobre las rodillas de la inválida.

TIENEN QUE CORTARME LAS PIERNAS
PERO NO TENGO DINERO PARA LA OPERACIÓN.

Durante años, las dos piernas inútiles se balancearon dobladas sobre la barra del cochecito infantil, dispuestas para la operación o el sacrificio que la niña esperaba tendida sobre los cojines, inertes, quebradizas, con sus calcetines blancos caídos en los tobillos y unos zapatos de charol que la madre debía lustrar todas las mañanas con una insensata devoción.

De pronto desaparecieron, la madre, la niña y el cochecito ruinoso, quién sabe si porque al fin reunieron el precio de la amputación o porque un día la mujer decidió encaminar sus pasos hacia otra ciudad donde ahora sigue pidiendo mientras la niña pálida y entumecida duerme, y las piernas crecen, cada vez más débiles, hasta que el roce con el suelo desgaste el charol de sus zapatos de primera comunión.

Desaparecen en sótanos, en hospitales que prefiguran el abandono de la fosa común, desaparecen o mueren, pero hay algunos que vuelven un día del olvido. He vuelto a ver, después de varios años, a una niña tuerta que iba pidiendo limosna para comprar un ojo de cristal, pero ahora lleva un niño en brazos y vende flores y buenaventuras a los perplejos japoneses que deambulan por el laberinto mediocre de la Alcaicería. La corte de los milagros, fauna y flora de la miseria urbana, fomenta, como patio de Monipodio, un parvulario de mendigos, una estadística de condenados de antemano que yacen en las aceras junto a una caja de cartón o corren desnudos entre un humo denso de plásticos quemados en el desierto donde termina la ciudad. Niños descalzos, agrupados como en gavillas de gatos sin dueño, merodean y escarban entre la basura que se amontona en las aceras, buscan cartones, excavan residuos, clasifican la nada, y yo los he visto disputarse con silenciosa saña muñecas de harapos sucios que salen a la luz como enterrados en vida, y secadores rotos que ellos empuñan como pistolas para perseguirse entre los coches aparcados. Adivinan o saben un porvenir tapiado de reformatorios, donde no habrá otro heroísmo posible que el de la navaja y la huida, ni más gloria que la de las fotografías policiales. Igual que los ojos de ciertos insectos ven un mundo blanco y gris, dividido en infinitos poliedros, los niños terribles ven otra ciudad que para nosotros es inconcebible, y establecen para sobrevivir una azarosa geografía de callejones oscuros y descampados, de altos rostros que condenan y sirenas azules que los persiguen desde antes de nacer. Ciudad o selva, en ella se mueven, piden limosna, ofrecen flores, maldicen e imitan, pero no lo saben, las cabezas rapadas y los labios ansiosos que tienen los pícaros de Murillo, igual que sus hermanas o madres repiten a las lóbregas mujeres de Gutiérrez Solana.

Pero la realidad no respeta los límites que no se atreve a romper el repulsivo tremendismo ibérico, esa perversión del gusto que justifica a Solana y a Cela en nombre de Goya y de Valle-Inclán. León Felipe le puso un pie poético al «Niño de Vallecas», y a los viejos mendigos que en la puerta de las iglesias se remangan el pantalón para mostrar una llaga o una pierna cortada es posible hallarles algún parecido con los tenebrosos ermitaños de la pintura barroca. Pero nadie se atrevió nunca a imaginar o a pintar a ese adolescente que desde niño pide limosna entre las mesas de los bares moviendo como figura de bululú el breve muñón desnudo de su brazo izquierdo. Se acerca por detrás, toca el hombro, y cuando uno se vuelve encuentra junto a sus ojos esa cosa acuciante y ciega que el muchacho agita, mostrando una sonrisa de encías crudas y grandes dientes amarillos. Otras veces se tira en medio de la calle gritando una indescifrable letanía, pero no pide ni exige la piedad, sólo muestra, riendo, el desafío del horror.

CÓMO ALCANZAR LA INMORTALIDAD

Cuando lo descubrimos, Robinson había comenzado a explicarme una teoría de su amigo Apolodoro (que aparte de inventor es cabalista y teólogo) según la cual es posible alcanzar la inmortalidad en este mundo combinando la observancia estricta de los nueve primeros viernes de mes con la práctica infatigable del crimen, pero fue ver aquella sombra lenta deslizándose junto a las paredes y tuvimos que olvidar las sutilezas teológicas para iniciar el juego de la persecución. Era más alto que los demás hombres, y si no hubiera sido porque la sotana descubría unos tobillos exangües y unos calcetines negros de difunto, se habría dicho que no caminaba sobre sus pies, sino suspendido a unos centímetros del suelo, tan ensimismado y solo que ni él mismo se apercibía de su milagrosa levitación. Cuando llegó a la luz, vimos su alto rostro amarillo y su osamenta de retablo bajo un sombrero de teja que no parecía tal, sino bacía de barbero que alguien hubiera añadido a su presencia como coronación de la locura. Lo seguimos, porque el juego, que es aún más excitante en la noche, impone continuar la persecución hasta que el perseguido desaparezca en un portal o se esfume al otro lado de una esquina, pues hay esquinas antropófagas que engullen a la gente, y entonces no queda más remedio que hacer un alto en el bar más cercano para beber una cerveza y mirar a los que pasan por la calle en busca de una figura que permita otra vez el inicio de la persecución y de una nueva biografía imaginaria.

Él no advirtió que lo seguíamos —en ese caso las reglas del juego exigen detenerse— porque caminaba como fuera del mundo, en la misma época lejana y en la ciudad inconcebible donde eran habituales su sotana con brillos de dómine avariento y su sombrero de teja. Bastaba mirarle la cara, la alta quijada pálida y los cuévanos de los ojos que prefiguraban la calavera del desengaño barroco, para darse cuenta de que por un extraño favor o maldición había sobrevivido a su siglo y andaba, muerto entre los vivos, no por un esfuerzo de la voluntad, sino empujado por esa nostalgia tenaz que lleva a los difuntos a repetir los pasos y las calles que conocieron. Pues era invulnerable, no miraba los semáforos al cruzar las calles ni hacía caso a la sorpresa de quienes se cruzaban con su fúnebre estatura ni a las risas crueles de los niños.

—Ha alcanzado la inmortalidad —murmuró Robinson.

—Se ha vuelto carne momia —dije yo, y apresuré el paso para no perderlo en un súbito revuelo de muchachas (faldas cortas y cintas doradas en el pelo) que salían de una discoteca.

Cuando se alejaba veíamos por encima de las cabezas, como un mástil de luto, los hombros inmóviles, y el sombrero de teja, la nuca blanca y humillada. Ni siquiera entre la multitud decrecía el ritmo de su paso, y yo supe que eso venía a confirmar que no era cuerpo macizo, sino apariencia y sombra que atraviesa las paredes y se deshace en nada ante la luz del día: por eso sólo puede vérsele de noche, por eso huye de la abierta claridad y se desliza por callejones sin nadie, tan cerca de las paredes que se confunde con su propia sombra.

—Este hombre conoce la receta teológica de Apolodoro —insistió Robinson.

—El que usted no exista no le da derecho a convertirse en un místico —le dije—. Debiera dejarse de tanta teología y regresar a la lectura de Voltaire.

De pronto sucedió lo que desde el principio habíamos temido: dobló una esquina, sin que al hacerlo se estremeciera el vuelo vertical de la sotana, y se esfumó al otro lado. Creí percibir, en la oscuridad del callejón, un rumor de telas litúrgicas, ese sigiloso perfume eclesial que guardo en mi memoria desde los días de la infancia. Olor de sacristía y manos blancas que se deslizan sobre los paños de lino y la dorada curva de los cálices y trazan pálidas señales en la penumbra del confesionario. Todos los portales del callejón estaban cerrados.

—Es un ectoplasma —dijo Robinson, encogiendo los hombros con aire de derrota.

Esa misma noche me explicó Apolodoro su teoría de la inmortalidad mientras tomábamos una taza de té en el jardín del Carmen ilusorio que tiene sobre el Paseo de los Tristes. Apolodoro es un hombre singularmente tenue, con gafas redondas y perilla y una apariencia sosegada de buda sefardí. Escoge, para hablar, los ángulos sombríos, y sólo mira sus propias manos mientras habla.

—No, amigo mío —dijo—. El Sagrado Corazón no prometió a Santa Margarita María Alaloque que aquel que comulgara nueve primeros viernes de mes consecutivos se salvaría: tan sólo que no moriría en pecado. Se trata, pues, para nunca morir, de estar siempre en pecado, de entregarse a la soberbia y al crimen sin tregua ni contrición, de tal modo que la muerte no tenga nunca ocasión de arrebatarnos. Tal vez ese hombre que ustedes han visto viene practicando esta regla desde el pasado siglo.

—¿Y usted? —le pregunté mirándolo a los ojos, pero sólo vi la luz de la lámpara que nos alumbraba reflejándose en los cristales redondos de sus gafas.

—Una norma de la inmortalidad es el secreto —concluyó Apolodoro, y se apresuró a servirme otra taza de té perfumado con jazmines.

Cuando salí de allí llamé con toda urgencia a mi amigo Pablo Alcázar, sobre cuya realidad y consistencia no me cabe duda alguna, y me fui con él a beber vino hasta unas horas del todo censurables. De vez en cuando, al acordarme de Robinson y de Apolodoro y del posible fantasma o inmortal al que habíamos perseguido, me miraba de soslayo en los espejos de los bares, temiendo que no me reflejaran, porque de tanto andar con gentes que no existen uno corre el peligro de volverse poco a poco tan conjetural y afantasmado como ellas.

PRIMAVERA DE NOVIEMBRE

Hay estaciones íntimas que no vienen señaladas en el calendario y son como citas secretas que uno cumple cada año con la materia del tiempo, quiero decir, con la memoria. Está la cita leve de septiembre, que suele suceder en una tarde de tormenta con olor a tierra mojada en la que uno recupera o descubre como una herida antigua el perfume húmedo de los rastrojos amarillos, pero la lluvia de septiembre, breve y gozosa transfiguración del mundo que suele sorprendernos al salir del cine, pertenece todavía al vasto espejismo del verano, y en seguida vuelve el calor y es otra vez agosto y uno pierde sin darse cuenta esa revelación que había estado a punto de deslumbrarlo. Después, cuando hace frío y llueve —dice Borges que la lluvia es una cosa que ocurre siempre en el pasado—, cuando uno camina a las diez de la noche por las calles vacías como avanzando solo hacia el final de un túnel, ocurre que a la mañana siguiente hay en las ventanas el último sol dorado y frío de octubre que ilumina el aire y devuelve a las cosas los colores que debieron tener en el primer día del mundo. La primavera de noviembre se adivina, se descubre en las fachadas recién lavadas por la lluvia, pero sobre todo en la distancia azul de las sierras tendidas en la tarde y en el verde húmedo de la Vega que se esfuma hacia el sur como un paisaje de Velázquez. Todo Velázquez es luz fría y primavera de noviembre, esa certeza de las cosas detenidas como en el interior de un cristal limpísimo cuya transparencia helada tuviera la claridad del pensamiento que no precisa del juego de manos del prodigio, porque no hay asombro mayor que el de las cosas si se miran con los ojos muy abiertos y a la luz del día.

En las plazas, en Bibarrambla o Plaza Nueva, cuando uno desemboca desde los callejones oscuros donde ya se ha instalado el frío húmedo del invierno, hay un clamor de voces sosegadas que se levanta sobre los árboles como una bóveda sonora, y los haraganes, los mendigos, los hombres opacos o agrupados que no tienen trabajo, buscan el sol hospitalario de los lagartos y los viejos, un sol que no castiga ni exalta, que sólo es un plácido regalo que es preciso cuidar como si fuera el único tesoro, porque un poco más allá, tras la línea de sombra, en los zaguanes, está la amenaza cierta del invierno que al expulsarlos a todos de la calle los desaloja de la vida. En el aire denso, en la luz de mayo, hay un veneno de promesas imposibles que se extravían a la zaga de tanta diosa joven que habita fugazmente a la vuelta de cualquier esquina, pero en la primavera de noviembre la claridad como agua helada del conocimiento detiene toda exaltación y sólo deja la impura certidumbre de que es posible vivir o haber vivido, pero también acogerse sin drama al desengaño, pues todo lo que nos ha sido dado, el oro del sol contra el azul en las torres de las iglesias, el aire limpio de las calles, los claros muslos ateridos de las últimas muchachas que no se han resignado todavía al pantalón o al abrigo, son dones sin fin que nunca nadie ha merecido.

La primavera de noviembre hay que gozarla en ciudades de altas barandas, porque su hermosura mayor no está en lo inmediato sino en la geografía de las distancias. Suba el desocupado lector, o lector suave (que de ambos modos lo llamó el hombre que por sí solo justifica este idioma maltratado) a la colina umbría de la Alhambra, piérdase en la sombra como de pozo de los callejones y atrévase a emerger en esas cumbres que permiten contemplar una ciudad de casas suspendidas en la transparencia blanca y azul del mediodía, una llanura cuya belleza exacta no desfallece en brumas cuando se dilata hasta el límite de un horizonte más azul que todos los mares de los sueños.

Los lentos días de esa primavera se extinguen despacio hacia las seis de la tarde: por eso hay que apurarlos como una copa de ese vino blanco que tanto amaba James Joyce. Dentro de las casas la tarde se rinde demasiado pronto a los coágulos de sombra que crecen en los pasillos donde los relojes señalan la carcoma del tiempo y el inicio de la noche. Hay que salir entonces para buscar el día y recobrarlo en las calles abiertas al poniente, hay que buscarlo en los últimos pisos de las casas, en los campanarios de ladrillo y azulejos, en las ventanas del Albayzín donde relumbra todavía su fulgor cobrizo cuando ya es de noche en la ciudad y hay un humo gris de invierno en las calles.

Cada año Robinson espera la primavera fría de noviembre para dejarse ir a la deriva, sin culpa ni deseos, hacia las plazas iluminadas o los bares tristes del atardecer, cada año noviembre lo invita a una secreta conmemoración de todos sus naufragios incurables. Urgido por una lealtad antigua, a eso de las cinco de la tarde se peina como un enamorado ante el espejo, se pone la chaqueta, guarda el tabaco y las cerillas e irrumpe en la calle para buscar en ella una aventura o cita que sólo están en su memoria: en esa parte de la memoria donde uno guarda las cosas que nunca sucedieron pero que estaban dibujadas en la luz amarga de noviembre. Yo he visto esa luz, esos hondos azules y morados, en los picos de Sierra Mágina que limitan al sur el valle del Guadalquivir y en un cuadro de Joan Miró donde él mismo escribió unas palabras que eran como una pintada de caligrafía escolar sobre el encalado azul de una pared: *Éste es el color de mis sueños.*

CIEGO EN GRANADA

La ciudad de los ciegos es una ciudad sumergida en sombras y sonámbulos, un laberinto tenaz como los peores insomnios, que tendría para nosotros, si nos arrojaran a él con los ojos vendados, el espanto abisal de los túneles del Metro cuando se cierran las rejas metálicas y se apagan de un golpe las luces en todos los corredores. En la dulce Grecia imaginaria de los mitos, la ceguera era el atributo que imponía la divinidad al adivino o al poeta, pero también el castigo supremo, y la penitencia atroz de Edipo se convirtió más tarde en el tormento que se reservaba en Bizancio para los traidores y los reyes destronados: una bárbara emperatriz a quien llamaban Teodora cegó las pupilas de su propio hijo para que nunca pudiera hacerle sombra en el poder. Nuestra literatura está cruzada de ciegos memorables, desde el ciego truhán y trapacero del *Lazarillo de Tormes* al visionario Max Estrella y aquel ciego de Gozmar que oficia de augur antiguo y mensajero en las *Comedias Bárbaras*, pero en la turbia realidad los cantores sagrados que repetían las historias de los hombres golpeando rítmicamente el suelo con una vara solemne se degradaban en ciegos copleros y mendigos que iban por los mercados cantando retahílas de crímenes tremendos con un violín rasposo y un plato de estaño donde valoraban, por el sonido, las monedas que manos invisibles les arrojaban al pasar. Eran ciegos peregrinos, de harapo y gafas negras, y se dejaban guiar todavía por un lazarillo con la cabeza rapada y una chaqueta demasiado grande que parecía siempre heredada de un hermano mayor que hubiera muerto.

Pero en pocos años aquellos últimos ciegos de romance se perdieron para dejar paso a los otros, los ciegos inmóviles y como abandonados que venden iguales en las esquinas, los ciegos que miran cosas extrañas en el aire y a veces se quedan solos en una plaza inmensa palpando con las yemas de sus dedos las tiras de papel que alguien ha colgado de sus solapas tristes como banales condecoraciones del fracaso. Hay ciegos de hornacina que venden los iguales con sosiego de estanqueros y ciegos ambulantes que caminan arrimados a las paredes y, cuando llegan a un bar, empujan la puerta con los hombros y se acercan a los bebedores como sonámbulos que se hubieran extraviado para siempre en otro mundo. Hay, en las esquinas invernales, ciegos ateridos que salmodian o murmuran para nadie o para las calles desiertas y naufragan a veces en esa turbulencia erizada de varillas de paraguas y cuerpos presurosos que invade las aceras cuando la lluvia inhóspita del atardecer sorprende a la ciudad y obliga a los ciegos a huir y cobijarse en los portales porque el galope del gentío devasta las esquinas. Entonces se los ve caminar rozando las paredes con los bastones blancos que se enredan a las piernas de los que pasan a su lado o chocan crudamente contra ellos. Se detienen en los semáforos alzando la cabeza para escuchar el zumbido policial que les permita cruzar a otro lado, pues si no se apresuran pueden quedar perdidos entre los cláxones y los gritos, hasta que otra vez vuelva el zumbido que señala una nueva tregua en el asedio.

Pero otros ciegos han desertado del miedo y la sumisión y a su paso por la ciudad propagan la rebeldía. Dicen quienes los vieron llegar que avanzaban agrupados y exhaustos al filo de la carretera de Málaga, y que sus bastones blancos se movían tanteando el aire y la vasta sombra hostil como antenas o patas innumerables de insectos. Firmes y solos avanzaban emboscados los unos en los otros, pero no eran la tropa harapienta que va a descalabrarse en los barrancos de los cuadros de Brueghel, sino una lenta procesión de hombres rebeldes que vienen desde el sur hendiendo con sus bastones blancos el aire extranjero y el asfalto de los caminos para no perderse en una noche donde no existe otra luz ni otro final que su imperiosa voluntad de sobrevivir. Oyen en torno suyo las voces de un mundo infinitamente extraño y perciben, si se desvían unos pasos, la furia de los coches que dejan al alejarse un turbión de viento frío que los golpea un instante como el ala de la muerte. Suben desde el lejano sur atravesando un subsuelo sin descanso, camino de sierras y llanuras que habrán de concluir, si culminan su empeño, en un despacho de Madrid cercado de pasillos y antesalas donde sonarán voces con otro acento que tal vez les digan palabras y promesas mientras ellos se buscan en la oscuridad y tantean de antemano el camino hacia el regreso y quizá el desengaño.

Se sabe que venían por la carretera cantando los himnos olvidados, las consignas que en otro tiempo parecían animar la rebelión y no eran sino la máscara del miedo. Cantaban, *no nos moverán*, cantaban *los ciegos unidos jamás serán vencidos*, pero eran veinte hombres solos en el arcén de una carretera y el estrépito de los camiones arrasaba sus voces sumiéndolos de nuevo en el silencio, de tal modo que en los peores trances sólo se escuchaba un rumor de fatiga y pies hinchados y bastones pisando la grava áspera de los caminos. Cuando entraban en las primeras calles, los ciegos de la ciudad levantaron por un instante las cabezas y movieron en la sombra sus pupilas de pájaro muerto como si hubieran súbitamente adivinado que estaba llegando a Granada aquella procesión de rebeldía. Dicen los periódicos que diez ciegos se han rendido en el camino, pero tal vez su rabia se propague en cada ciudad que ellos atraviesen y uno a uno se agreguen otros hombres a la sublevación de los ciegos que lentamente avanza hacia Madrid para pedir cuentas a las gentes que un día los arrojaron a las calles.

EL VINO DE LOS HÉROES

Después de algunos años de descrédito, recobra el alcohol su privilegio en la jerarquía de los paraísos artificiales, y muchos inveterados bebedores que al calor de los tiempos se afiliaron a la dulce maría y al hachís vuelven ahora al duro consuelo de los bares como quien regresa al abrigo conyugal después de una aventura desdichada, pues no le basta el abandono blando que la *cannabis indica* concede a sus devotos y precisan de nuevo la lucidez violenta del alcohol que los convierte en héroes o acaso en víctimas felices. A medida que el hachís va quedando relegado a pasatiempo del limbo vuelve el alcohol como turbia ofrenda y crece la fiebre sin tregua de las anfetaminas y de los picotazos del *caballo* subiendo solo corazón arriba, como el toro que mató a Ignacio Sánchez Mejías. El rito del hachís tenía algo de nostalgia endémica y era preciso celebrarlo en bares recónditos con cojines aterciopelados por los suelos y estampas melancólicas sobre las paredes tapizadas: eran los tiempos del rock sinfónico y las voces en susurro, músicas lentas y lejanas para deslizarse en la indolencia del humo azul y la pupila iluminada por un fuego secreto mientras alguien, en la sombra propicia, deshacía primero un cigarrillo rubio y calentaba luego la palma de la mano con la llama fugaz de un mechero que se apagaba en seguida, como una contraseña. El rito del hachís establecía su paraíso comunal lejos de la cruda luz de las tabernas, en frágiles Arcadias que a veces desbarataba la invasión de los chorizos de piel oscura y cazadora de plástico negro o las redadas súbitas de la policía.

Pero la nueva modernidad regresa, sin saberlo, a Baudelaire, y elige de nuevo el alcohol para encender la noche, no ya en los divanes que sugieren el viaje soñado a la montaña de Ketama, sino en bares para hincar los codos y beber en soledad encabalgados a la barra donde una música violenta añade su latido al de las sienes y da el brío preciso para salir a las calles y aceptar el resto de la ciudad sin otra ayuda que la exaltada conciencia de estar solo como un lobo que acechara inútilmente en las esquinas.

Hay bares tan tristes que sólo los visitan los difuntos y esos borrachos pertinaces que se labran la fosa y el fracaso con el mismo empeño feroz con que otros hombres preparan notarías. Bares de umbría y callejón, grandes como salones de baile donde nadie hubiera ido a bailar desde los domingos de la posguerra y en los que permanecen desde entonces, asidos a la barra como babosas en un espejo, camareros de chaquetilla sucia y alcohólicos decrépitos que aguardan a la muerte jugando al dominó sobre las mesas de mármol y se gastan la jubilación bebiéndose despacio las últimas copas de la vida. Miran a la calle como peces inmóviles tras el cristal del acuario, porque en esos bares que digo, los tubos de neón y las paredes pintadas de un verde funeral dan al aire una tristeza acuática en la que dormitan beodos sedentarios que acumulan trienios de taberna y se mantienen mansamente fieles a sus peores costumbres, pues son hombres respetables que eligen el alcohol como un oficio investido de horarios y dignidades sombrías.

Pero hay otros más temibles, los borrachos peregrinos que huyen como zombies apurando hasta el final los últimos bares y las botellas que muestran sin pudor en los bolsillos desfondados del abrigo. Nadie se sabe su nombre: aparecen en la ciudad, venidos de no sabe dónde, duermen en medio de las aceras y a veces se los ve, quietos y huraños, huéspedes de los zaguanes, hurgando entre los montones de basura o sentados al sol con una botella entre las piernas. Cuando entran a un bar, piden su copa en voz muy baja y pagan en seguida para salir huyendo, porque se saben definitivamente extraños entre los hombres.

A medida que envejece o se corrompe, cada generación va dejando a un lado una escoria de borrachos que son el exorcismo inconfesado de todos sus errores. Van solos, como Tiresias que adivinaran el pasado, y se obstinan en permanecer en él con la misma vencida voluntad que los mantiene firmes en las barras de los bares, vindicando nombres, fechas, fervores o lealtades que nadie les agradece y que ellos rememoran, tal vez inventan, no para acogerse a su refugio, sino para conseguir un préstamo urgente que no van a devolver o una copa penúltima. Han alcanzado este heroísmo que les impide detenerse en el límite de la vergüenza, igual que un hombre que se sienta en un escalón y, hundiendo la cara entre las rodillas, adelanta por primera vez hacia los otros una mano cobarde. Si el signo de los borrachos sin nombre es perderse un día igual que aparecieron, los borrachos públicos de la ciudad usan su lenta ruina y su pasado para invocar la piedad, pero también la culpa, pues su mirada fija, ellos lo saben, puede herir como un espejo.

El alcohol, como la literatura, puede ser un desahogo ocasional del tedio y un arma del olvido, pero también una ardua tiranía que esconde en su gozosa exaltación la soledad sin regreso y el peligro cierto de perderse en las mentiras hospitalarias de la imaginación, que algunas veces, como las puertas traidoras en las películas de miedo, se cierran para siempre cuando uno acaba de cruzarlas. Pero tal vez haya pesadillas menos inhabitables que la vida y sueños de los que no valga la pena despertar.

LA TRAMPA EN EL ESPEJO

Dice el periódico que el hombre estaba sumiso y esposado ante el juez que iba a sentenciarlo, y que de pronto embistió a los dos guardias que lo custodiaban y, dándose la vuelta como un animal furioso, cruzó la sala con las manos atadas junto al vientre y echó a correr por los pasillos de la Audiencia derribando de un golpe violento a los ujieres que intentaban detenerlo. Lo imagino, mientras huía por aquellos corredores como por una selva hostil, despeinado y sin afeitar, con esa catadura de mala noche y celda que tienen los hombres en las fotos policiales. Bajó escaleras, cruzó sótanos oscuros levantando a su paso un vendaval de expedientes amarillos, y cuando adelantó las dos manos esposadas para girar el pomo de una puerta que tal vez hubiera prolongado por las calles su huida sin esperanza y la vengativa persecución de las pistolas, debió tener por un instante la sospecha de que se había perdido en los corredores de un sueño, porque al otro lado de la puerta no estaba la libertad, sino un vasto salón con estrados y colgaduras de terciopelo rojo donde había un juez y hombres de negro que se volvieron para mirarlo, y dos guardias que parecían esperarlo para que, otra vez sumiso y esposado, escuchara la sentencia cuya lectura fue temporalmente suspendida cuando él, el condenado, inició su escapada circular.

Leyendo tales cosas, Robinson descubre algo que supieron siempre los cantores de tangos y las señoritas de provincias: que el destino existe, y que a veces, encubierto en la trampa pérfida del azar, adquiere la forma de los pasillos circulares que apresaron de nuevo al prisionero fugitivo. Se nace aristotélico o platónico, como quiere el gran ciego que nunca ganó el Nobel, por no romper una antigua tradición escandinava, se nace cronopio o fama, se nace sin remedio Lord Byron o José de Echegaray, capitán Nemo o habilitado de clases pasivas, nos nacen de tal modo que la vida está cantada de antemano, y hay por eso hombres clarividentes, como mi amigo Robinson, que están arrepentidos de su porvenir.

Hay hombres nacidos para el día, para las oficinas y los placeres veniales, y hombres que aguardan la noche para empezar a vivir, como vampiros. Hombres que se amueblan la vida con el tamaño exacto del salón comedor y aventureros sedentarios e incurables que sólo saben vivir al aire libre de las calles. Cuando se ha nacido para la noche y la ciudad, toda pared dibuja la forma odiosa de una celda y todo horario es una pesadilla de relojes que irrumpen al amanecer en medio de los sueños. El destino traza para nosotros retahílas inflexibles de placeres y amarguras: quien ama la noche debe amar también, con la fatalidad de las cosas que ocurren en los tangos, las calles y los bares, las ciudades extrañas, las trampas del amor, la penumbra hospitalaria de los cines y las canciones de otro tiempo que a las tres de la mañana aciertan sin previo aviso en el corazón de la memoria. Quien ama la noche sabe que la mejor ocupación de las mañanas inclementes es quedarse en la cama hasta las once y recibir en ella a los amigos, para regresar así pausadamente al mundo eludiendo la ingrata sensación de haber sido arrojado al exilio que trae consigo el despertar disciplinario.

Según el doctor Van Helsing, que fue sabio holandés y biógrafo del Conde Drácula, la hermandad de los vampiros tiene reglamentos rigurosos que ciñen su potestad y sus gozos pecadores a los dominios de la noche, pues bastan la claridad del día o una rama de rosal silvestre depositada sobre sus tumbas para privarlos de la libertad e incluso de la vida. De igual modo, los hombres nacidos para la noche despiertan de su lento letargo al anochecer y sólo reviven plenamente cuando las luces frías de la ciudad alumbran sus pupilas de lechuza anunciando el largo camino de los bares, y también la silenciosa soledad de la escritura y los territorios del deseo. A la misma hora en que Drácula se yergue en su ataúd y el Hombre Lobo tiembla de miedo contemplando la pelambre áspera que crece en sus manos, Balzac consume sus alimentos nocturnos, el café, la nicotina y la desesperación, para escribir sin descanso hasta que lo rinda el día, atado como un galeote a la pata de su mesa. Y es entonces, a esa misma hora, cuando Marcel Proust, pálido vampiro con una gardenia en el smoking, se aventura a descender a los secretos paraísos del tiempo perdido o regresado y a los prostíbulos atroces donde aguardan los hombres-mujeres y la culpa.

De vez en cuando los habitantes de la noche despiertan con resaca y resuelven seriamente cambiar de vida y de costumbres. Reniegan del golfo atónito que los mira como un aparecido en el espejo del cuarto de baño, y dándole la espalda, se ponen corbata y camisa blanca y salen recién duchados a la calle. Descubren entonces la mañana con la atención solícita de quien llega en domingo a una ciudad extranjera. Todo los asombra: la húmeda luz, las plazas limpias, las pilas recientes de periódicos, las persianas metálicas que clausuran durante el día los bares de la ciudad nocturna que ellos habitan y conocen. Pero luego, a medida que las horas se inclinan de nuevo hacia la noche, olvidan todo propósito de enmienda, y vuelven sin apuro a su condición de pájaros nocturnos. Sucede algunas veces que entran al retrete del bar donde han ido a posarse cuando ya todos los demás están cerrados, y encuentran allí, en el espejo sucio del lavabo, al padre confesor que alza el dedo índice y reprueba la caída. Se encogen de hombros, murmuran una promesa, un plazo, una disculpa, y algunos, los más sabios, le dicen al espejo:

—Y qué le voy a hacer, si es el destino.

MUSEO DE CERA

Como un exvoto blasfemo, la efigie en cera de don Luis Buñuel se pasea en andas por las calles de París. Lívido y encogido como un inválido, al Buñuel de cera lo llevan en brazos a las mesas redondas y a los homenajes, y allí se queda, sentado en una silla, mirando con sus ojos de vidrio a los celebrantes y haciéndose pantalla con la mano derecha en la oreja para escuchar con ironía de sordo descreído las cosas que sobre él dicen los expertos. Pero otras veces la efigie ensimismada se alza poderosa en lo alto de un trono procesional y da vueltas por la Plaza del Centro Pompidou oscilando al ritmo violento de los tambores de Calanda, cuya furia, que redobla para siempre en las alucinaciones de *La edad de oro,* habrá acallado de un golpe todas las músicas que allí tienen su cita y su gozosa encrucijada. La efigie tullida de don Luis Buñuel se ha escapado del Museo de Cera para cometer su crimen más hermoso, y el maestro, que vive amancebado con la muerte después del último suspiro, asiste desde lejos a la gloria póstuma y funeral que otros hombres en otro continente rinden a su estatua, como si asistiera a su entierro o a la celebración de su propio centenario.

Apolodoro, que es un pozo sin fondo de sabidurías ilusorias, me explica que a los entierros de los patricios romanos asistía el propio difunto en figura de cera reclinada en un ceremonioso palanquín. Tal vez por eso las estatuas de cera han sido siempre emblemas de funeral y maleficio, y cuando se agrupan en museos provocan una sugestión de muerte en pie y ronda de aparecidos tan intensa que el cine ha hallado en ellas algunos de sus mitos más tenaces: así, el hombre que por una apuesta se encierra durante toda una noche en el Museo de Cera, y, cuando abren sus puertas al amanecer, lo encuentran loco de tanta soledad sitiada por pupilas de cristal que brillan como ojos inhumanos a la luz de las linternas y rostros como de carne congelada. De noche todas las estatuas se emboscan en la sombra e inclinan la cabeza desde sus pedestales, como testigos inmóviles que desde el otro mundo espiaran a los vivos. También el cine ha establecido aquí la forma del misterio: el Robinson nocturno camina solo y escucha pasos que le siguen, porque uno teme siempre, cuando mira una estatua agigantada por el silencio vacío de la noche, que se convierta en Gólem parado al filo de la vida, dispuesta a mover muy lentamente su gesto mineral y a perseguirlo por las calles con sus grandes zapatos de bronce que hacen retumbar hondamente el asfalto.

El límite de la sinrazón no es una frontera invulnerable: qué pasaría de pronto si todas las ciudades simultáneas que por simplificar llaman Granada se volvieran ciudades sucesivas, de tal modo que el mismo día y a la misma hora sólo existiera, por ejemplo, la ciudad de los mendigos, y luego de deshacerse en niebla diera paso a la ciudad de los locos o a la de los ciegos o a la lúgubre ciudad de los funcionarios ateridos que toman café con leche para combatir el frío de las ocho de la mañana: serían ciudades fantásticas y tal vez intolerables, desiertos habitados por náufragos sin sueño, como esos barrios devastados de Nueva York donde van a refugiarse como elefantes moribundos los borrachos finales que duermen arropados en cajas de cartón y encienden sus hogueras en los pasillos de rascacielos vacíos por los que merodean ejércitos de ratas y cuadrillas de yonquis que roban a los mendigos y después los tiran como fardos por el pozo sin fin de los ascensores.

Pero de todas las ciudades posibles sería la más extraña, si no la más temible, la populosa ciudad de las estatuas, habitada únicamente por criaturas de mármol o de bronce, ángeles de yeso, crucificados de plástico, maniquíes de cabeza calva y miembros desquiciados, cabezas cortadas en las alacenas oscuras de las sombrererías y estatuas de cera que, obedeciendo a la contraseña surrealista de don Luis Buñuel, huyeran de los museos al amparo de la noche y fueran a posarse como grandes mariposas al fondo de los zaguanes, detrás de las esquinas, en medio de las plazas, sembrando en todas partes el mismo escalofrío que provocaban en las iglesias antiguas las melancólicas estatuas de monaguillos que ofrecían en la penumbra húmeda un cepillo de limosnas y tenían, a la luz de las velas, un brillo pálido en sus rostros de niños embalsamados. El sueño de esta invasión irrumpió un día en los periódicos, cuando los arqueólogos chinos exhumaron tenazmente un prodigio: seis mil estatuas enterradas de hombres y caballos avanzaban en formación inmóvil desde hace veinte siglos para escoltar la tumba de un emperador desaforado.

Las estatuas fomentan en torno suyo la irrealidad y

el miedo, pero también la mueca de la burla y aun el deseo de inciertos pigmaliones de *sex-shop* que mantienen idilios clandestinos con ninfas de poliéster. En *La edad de oro*, Buñuel imaginó una dulcísima *fellatio* ofrendada por los labios de Lya Lys al pie de mármol de una estatua. Mármol o plástico, lívida cera o escayola, las estatuas ocupan la ciudad como un pueblo de fantasmas. De todas ellas, Robinson prefiere a las muchachas de plástico de los escaparates, que tienen un airoso andar inmóvil, como si se apresuraran siempre camino de una cita para el gozo y a veces se quedan desnudas en una orfandad de maniquíes ateridas. La literatura y las canciones cultivan la retórica del tránsito al otoño aludiendo al viento frío y la caída de las hojas, pero el primer indicio de las estaciones urbanas no sucede en la naturaleza y en sus costumbres rutinarias, sino en las modas que como buena nueva anuncian las livianas maniquíes de los escaparates.

EL EXTRANJERO DE SÍ MISMO

Desde el alto palomar de la casa donde vive el cabalista Apolodoro se ve la larga Alhambra tendida ante la ciudad como una esfinge que guardara el paso hacia el mar y las cumbres rosadas de la Sierra. Como en estos días de diciembre hace un frío que congela en carámbanos el corazón de las estatuas y deshabita las calles empañadas de escarcha en cuanto se pone el sol, Robinson temporalmente renuncia a su andadura de holandés errante para buscar consuelo al frío en casa de Apolodoro, que siempre le ofrece un hondo sillón al arrimo del fuego y grandes tazones de loza donde humean perfumadas infusiones sefardíes. Junto al fuego, Apolodoro le explica mágicos remedios para el mundo y sosegadas utopías.

—Desengáñese del ejercicio solitario de la literatura, amigo mío. En los falansterios del porvenir los sonetos se compondrán en cadenas de montaje.

Robinson nunca ha conseguido no perderse para llegar a la casa, ni alcanzarla dos veces por el mismo camino, así que cuando da vueltas por el hermético Albayzín y no encuentra sobre los tejados y cipreses el palomar donde Apolodoro se encierra para diseñar máquinas estrafalarias y escribir, de tarde en tarde, los primeros artículos de una infinita *Enciclopedia de la desolación* en veintisiete volúmenes y un apéndice, teme o sospecha que la casa haya dejado de existir, borrada sin remedio, como algunos recuerdos de la infancia, por la culpable infidelidad de la memoria. Me cuenta que Apolodoro, que es de linaje sefardí, llegó una tarde a Granada después de un arduo viaje desde la judería de Estambul, con una maleta de madera y una llave grande como una aldaba en su gabán de rabino vagabundo. No sé si había robado la llave en un soneto de Borges o si era, como él pretende, una herencia remota de sus antepasados granadinos, pero lo cierto es que anduvo preguntando por las calles del Albayzín que conservan en sus nombres rastros de los alquimistas y vidrieros que en otro tiempo allí habitaron, y que una vez llegó con su maleta y la gran llave al mostrador de una oficina municipal, donde pudo verla un amigo mío que cumple allí su melancólica condena de trienios. Mi amigo Jesús Vílchez recuerda todavía la cara pálida y redonda de Apolodoro, su barba breve y el modo en que sus manos recorrían los contornos herrumbrosos de la llave o la agitaban como prueba de que existía la casa en algún lugar de la ciudad y en un renglón de esos registros enormes como losas de sepulcro que mi amigo, asfixiado por el polvo que se levantaba al abrirlos, consultó en los últimos sótanos del Ayuntamiento. Igual que el Viajero en el Tiempo enseña los pétalos secos de una rosa imposible como testimonio de que ha vuelto del futuro, Apolodoro enseñaba su llave forjada cinco siglos atrás para encontrar el camino de una cerradura y una puerta que sólo con ella se abrirían.

A la casa se llega por callejones de nombres misteriosos que a veces quedan abruptamente detenidos en una puerta cerrada a cal y canto y otras veces devuelven al viajero al punto de partida, como caminos en la selva que en poco tiempo borraran vivientes espesuras. Como Apolodoro confiesa una invencible repulsión hacia la línea recta, nunca accede a explicarle a Robinson el camino cierto para llegar a su refugio. «Hay que buscar siempre la distancia más curva entre dos puntos», le dice, y recuerda que su familia hizo un viaje de cinco siglos por todas las ciudades del Mediterráneo para que él, Apolodoro, pudiera volver un día a la casa de donde fueron expulsados. Si Robinson no sabe vivir sino en las calles, Apolodoro no cruza casi nunca el umbral de su puerta, pues sabe con qué facilidad se desvanecen los mejores paraísos y teme que algún día se le olvide el camino de regreso y tenga que deambular ya para siempre los laberintos del Albayzín.

Pero la casa, en sí misma, ya es inagotable: tiene inesperados pasadizos, trampas, habitaciones oscuras que nadie ha visitado nunca y un pozo en el patio, medio oculto bajo una enredadera, que conduciría, si alguien tuviera el valor de descender por sus paredes húmedas, a los sótanos más secretos de la ciudad y a los túneles del Darro donde habitan gatos ciegos y lentos reptiles mitológicos. Apolodoro dice que es posible que el pozo conduzca al centro de la Tierra, y algunas veces, cuando no le bastan las altas tapias y las celosías de la casa para satisfacer su voluntad de no ser nadie, tiene la tentación de convertirse en Fantasma de la Ópera y bajarse a vivir, solo y embozado, en aquellas estancias abisales. Robinson prefiere, sin embargo, subir al palomar, que está más alto que los cipreses de los cármenes cercanos y a media tarde se convierte en un refugio más hermoso que todas las islas de la literatura. Imagina que allí han concluido sus naufragios, que ha salvado un cofre, algunos libros, una hamaca de marinero y quién sabe si también un frasco de tinta y un cuaderno en blanco donde contarse a sí mismo los trabajos y los días de su invulnerable soledad. La primera obligación de todo náufrago cuando concluyen la noche y la tormenta que lo arrojaron a una costa cuyo nombre no conoce, es subir a la cumbre más alta que encuentre su mirada y comprobar desde allí que está solo y cercado por el mar. Así, Robinson sube al palomar de Apolodoro, en la cima de Granada, y ve abajo, sobre las calles agrisadas por el frío, la bruma densa que sube al atardecer desde las barrancas del Darro y vuelve azules los árboles y las formas de la Alhambra, espejismo, y no esfinge, colgado de la niebla, a un paso de la noche.

OTOÑO SIN INGRID

Tal vez el cine no sea ya la fábrica de sueños que deslumbró a Ilya Ehremburg en los años treinta, pero lo cierto es que a veces, en esos días sin consuelo en que uno anda desarbolado y solo y poseído por una violenta voluntad de convertirse en Hombre Invisible, el cine es breve alivio de naufragios y máquina trémula de la inmortalidad que temporalmente nos reconcilia con el mundo. Proyectan en Granada *Tener y no tener*, con Humphrey Bogart y Lauren Bacall, y como el azar de vez en cuando se permite generosidades que ya nadie le pide, a Bogart y Lauren Bacall se une en los raros goces de la noche granadina una película imborrable de Ingrid Bergman. Queda así trazado como en sueños un triángulo amoroso que atrae a su celada al fugitivo Robinson, amigo siempre de mirarse en ese espejo de recuerdos irreales que impunemente le ofrece la noche de los cines. Espía en la penumbra lunar de las películas antiguas, Robinson advierte que la belleza alcanza en ellas una frágil victoria contra el tiempo, una victoria en blanco y negro que se extingue al cabo de dos horas —las luces de la sala, que al encenderse alumbran a pálidos sonámbulos, son como un agrio despertar, preludio cierto de las calles y el frío—, pero queda después como un rescoldo que alivia el desamparo del olvido, más grave aún en estos tiempos en que la muerte ha irrumpido sin misericordia en el paraíso del cine, igual que entró, emboscada en una máscara roja de carnaval, en el palacio invulnerable donde quiso permanecer a salvo de la peste aquel príncipe del cuento de Edgar Allan Poe.

En tiempos más felices, los héroes del cine morían como tales, en un arrebato de su propia mentira o aventura, y su muerte era el último acto de una vida terrenal que debía concluir para dejar limpiamente abierto el territorio del mito. Los héroes del cine tenían la costumbre de morir jóvenes y hermosos, como los héroes griegos, morían encabalgados a un coche de carreras con la mirada fija en el suicidio o celebraban en soledad la ceremonia de la muerte para dejar tras de sí no sólo el mito, sino también el misterio nunca desvelado de las últimas horas y el fulgor de una belleza que no quiere sobrevivir ni un solo instante a la cima irrepetible de su plenitud. La muerte sombríamente elegida y sin testigos de Antinoo, en las orillas del Nilo, es la muerte de James Dean y la de Marilyn Monroe, la misma muerte que al final de los sesenta arrebataba uno por uno, a latigazos de heroína o barbitúricos, a los héroes del rock, pues entonces, en aquella edad remota que había fenecido muchos años antes de que un imbécil matara a tiros a John Lennon, nadie podía concebir que la vida durase más tiempo que el orgullo. «Lautréamont y Rimbaud murieron», escribe, como en un desafío, José Ángel Valente; Lautréamont y Rimbaud tuvieron la valentía de morir o perderse y escoger el silencio cuando habían dicho las palabras justas, y no importa si muchos años después de que asombrara al mundo aquel temible adolescente un hombre también llamado Arthur Rimbaud moría de gangrena en un hospital para desahuciados de Marsella. Murieron Jim Morrison, James Dean, Janis Joplin, Jimi Hendrix, para que nunca pudiera mitigarse el soliviantó de sus vidas en la memoria de los hombres.

El fulgurante suicidio de sus héroes no era una sumisión del cine a la usura de la muerte, sino el trance que los vuelve invulnerables tras el descenso a los infiernos. Pero ahora la otra muerte, la muerte de vejez y hospitales, ha cruzado como un reptil los límites de la Arcadia. Cuando murió Romy Schneider nadie supo que era ella la última heroína: murió en la cima de su sabia hermosura, como empujada despacio hacia la muerte por ese letargo de soledad que le velaba la sonrisa. Con ella terminó la edad de oro. Henry Fonda e Ingrid Bergman tienen en sus fotografías finales la expresión atónita de quien al mirarse en un espejo se descubre súbitamente arrasado por la decrepitud. En octubre, en Londres, en la iglesia de Saint Martin in the Fields, tuvo lugar una sigilosa ceremonia. Los amigos de Ingrid Bergman se reunieron para celebrar un funeral que era, sobre todo, un melancólico homenaje a su memoria. Dicen que un pianista inició las notas de *As time goes by*, y a medida que la lenta música avanzaba crecía en las naves de la iglesia una penumbra de bar desierto después de la medianoche, iluminado, de modo intermitente, por los reflectores amarillos que en una noche de 1941 barrían el cielo de Casablanca. La música iba descubriendo una historia, un recuerdo, la figura de un hombre solo sentado ante una mesa que mira con la inútil obstinación de los borrachos la botella vacía y el vaso que acaba de apurar. En un silencio tenso aguardaban todos ese instante en que se abre una puerta y en su umbral aparece la sombra alta de Ingrid Bergman. Sin decir nada salieron de la iglesia cuando cesó la música. Y fue entonces cuando un actor francés cuyo nombre no cita el periódico pronunció las mejores palabras de homenaje.

—Éste es el primer otoño sin Ingrid.

Pero Robinson desdeña todo consuelo funerario, y en este otoño sin Ingrid busca de nuevo en los cines su imagen no arañada por la muerte. Repite, sin saberlo, una secreta necrofilia, porque entrar silenciosamente a la sala oscurecida es como volver a abrir las tumbas de esas santas cuya carne incorrupta asombra a los devotos. El descenso a tales criptas perfumadas no está exento de peligro: también los vampiros, incorruptibles y hermosos, duermen en sus tumbas con una leve sonrisa entre los labios.

DE LOS AUGURIOS

La goleta *Idus de Marzo*, que tiene en alta mar una hermosura no inferior a la de su nombre, ha izado velas rumbo a los mares del Sur y a los desiertos congelados de la Antártida, dándole así al año nuevo el brioso comienzo de una novela de aventuras. No sé si su tripulación habrá llevado su admirable anacronismo hasta el extremo de indagar, mediante augurios, el porvenir del viaje, como los navegantes de la Antigüedad, pero lo cierto es que el velero lleva el nombre de una profecía, y a veces el destino de los buques está escrito en el nombre que aparece a un costado de la proa, único indicio que suele sobrevivir al naufragio para dar al mundo la noticia de aquellas altas velas derribadas por las tempestades o los hielos. Apolodoro, que tiene en el palomar de su casa grandes mapas azules del firmamento y un telescopio que le sirve para contemplar la luna llena, se encoge de hombros cuando le pregunto qué va a pasar con la *Idus de Marzo*, y con el año que ahora empieza. Sospecho, por su silencio huraño, que lo ha herido mi pregunta.

—Yo soy un preterólogo, joven —me dice, señalando los mapas y el telescopio—. No me interesa averiguar el porvenir, sino el pasado.

Comprendo la irritación de Apolodoro: como obedeciendo al conjuro de la noche de San Silvestre, la cofradía tramposa de los futurólogos prorrumpe en estos días en vaticinios lúgubres y avisos del milenio. Tahúres de presagios, usan el naipe e indagan vanas bolas de cristal como faquires de feria, e incluso los más aventajados desdeñan ya las exhaustas *Centurias* de Nostradamus y dicen prevenir los desastres que sin duda nos esperan recurriendo a la moderna brujería de los ordenadores. Desde hace treinta años la caterva de los adivinos anuncia para mañana mismo el comienzo de la tercera guerra mundial, con una constancia en el fracaso semejante a la del inveterado almanaque zaragozano, oráculo menestral cuya tranquila estupidez tenía o tiene al menos la virtud de anunciar sólo catástrofes modestas. Los futurólogos que cada mes de enero pululan por los periódicos emprenden profecías desmesuradas: asiduamente nos condenan al horror unánime del milenio y se complacen imaginando el desvarío colectivo que tendrá lugar, para escarmiento de incrédulos, la víspera del Holocausto, mil años después de aquella noche última del 999 en que el mundo parecía naufragado para siempre en el terror, cuando el Papa Silvestre, invistiéndose al filo de la medianoche la triple tiara y el báculo pontificio, se dispuso a comparecer ante la Divinidad encabezando a la muchedumbre oceánica de vivos y muertos recién salidos de las tumbas para encaminarse hacia el Valle de Josafat.

No sólo no llegó el fin del mundo el primer día del año mil. También la historia, que aspira modestamente, como Apolodoro, a vaticinar el pasado, desmintió hace mucho tiempo la fábula desaforada del primer milenio. En vísperas del año mil los hombres temían, como ahora, la amenaza cierta de las calamidades y la muerte, pero nunca existió esa locura y fiebre de postrimerías consumadas cuya segunda y última repetición calculan para muy pronto los emisarios del miedo. Se sabe incluso que el Papa Silvestre, patrón del renovado terror al fin del mundo, fue un anciano laborioso que tal vez pasó la medianoche de aquel treinta y uno de diciembre sin advertir siquiera el tan temido cambio de milenio, absorto en la tarea de culminar el mecanismo de una cabeza parlante que le deparó una fama duradera de mago y adivino.

Los augurios, que no siempre consiguen la obediencia de la realidad, son sin embargo muy eficaces en las fábulas, porque otorgan al devenir del tiempo y a los avatares de los héroes una velada arquitectura que mejora el desorden de la vida. Sófocles adivinó la culpa y el crimen y la ceguera de Edipo, y Shakespeare advirtió inútilmente a Julio César de la conjura de puñales que en los Idus de Marzo iba a rodearlo ante la estatua de Pompeyo. En literatura, los augurios establecen incitantes simetrías, pero se vuelven telas de araña y armas del miedo cuando un turbio propósito quiere trasladarlos a la vida. Si aquellos héroes desoían los presagios y se enfrentaban a la muerte con los ojos abiertos, como el emperador Adriano, para cumplir su voluntad rebelándose contra el destino, los modernos devotos del Apocalipsis, dispuestos a purgar no sé qué pesadumbre o culpa colectiva, esperan con sumisa complacencia los misiles del Juicio Final y se edifican mientras tanto enumerando los signos copiosos que al parecer lo anuncian. Dos siglos después de Voltaire, la razón ha vuelto a convertirse en una extravagancia necesaria.

Busco cada día la noticia sobre la *Idus de Marzo.* Trazo en los mapas su avance por los mares y calculo la primera latitud en que hallará los hielos. Ahora, mientras escribo, avanza hacia el Sur con sus altas velas desplegadas, ajena a todo augurio, rompiendo el mar con su proa que imagino coronada por una alegoría de la libertad. Lentamente la *Idus de Marzo* cruza los mapas y los días y su viaje es una invitación a entrar en el tiempo que se inicia como un gran papel en blanco ofrecido a la escritura, igual que entra en el mar, tenso y desnudo, encorvado como un sereno luchador, el Bañista de Matisse que tiene Robinson sobre la cabecera de su cama para ahuyentar los malos sueños del milenio.

RETRATO DE HOMBRE SOLO

La cabeza blanca de Manuel Góngora y su boca amarga y descolgada yacían sobre el pecho como uncidas a una joroba de sombra. El relámpago de la fotografía debió deslumbrarlo un instante en la penumbra funeral del pasillo donde desde hacía muchas horas esperaba que una de las puertas se abriera para que un ujier, pronunciando su nombre, lo llevase a la sala de juicio, pero él siguió inmóvil, fumando con desgana y sin volverse, como si no hubiera visto la luz blanca ni escuchado los pasos del fotógrafo o el incesante chasquido de la cámara. No era la suya la espera acechante del que tiene miedo y se yergue como un animal alerta cada vez que se acercan unos pasos, sino un episodio más en la costumbre sórdida que a sus setenta y siete años lo devolvía —sin que en su cara impasible pudiera adivinarse la resignación o la rabia— al mismo pasillo y a la misma espera y al mismo juez que iba a pronunciar palabras semejantes a las que había oído por primera vez veinticinco años atrás. Por eso, el hombre que esperaba para ser juzgado por un aborto clandestino cometido hacía tanto tiempo que ya apenas recordaba sus pormenores lejanos, o los confundía con otros —igual que confundía las celdas y los corredores y los rostros de las mujeres que ante él sudaban y mordían las sábanas en habitaciones borrosas—, no hizo caso al fotógrafo y siguió embozado en las altas solapas de su chaquetón, con las manos abiertas sobre las rodillas y un cigarro olvidado quemándosele entre los dedos con la misma lentitud del tiempo que se aletargaba y detenía en los relojes de la Audiencia.

El periódico que publicó la foto de Manuel Góngora contaba las peripecias tristes de una vida señalada por el fracaso, pero ninguna palabra podía añadir nada a la sensación de devoradora soledad que me estremeció cuando vi aquella fotografía en la esquina de una página, oscura y sola y ajena al mundo como el hombre que parecía destinado a esperar siempre en el banco de un corredor alumbrado por luces amarillas. Supe entonces que Manuel Góngora, hundido en la vejez y en la memoria de las cárceles, pertenecía a esa raza de hombres solos que trazan en torno suyo, en las calles de la ciudad, los límites invisibles de un secreto tenaz que al poseerlos como una enfermedad o un maleficio más antiguo que sus vidas los separa de los otros.

Lo imagino caminando despacio por Granada —no importa la ciudad que transitoriamente habiten, porque todas son igualmente extranjeras para ellos— emboscado en su abrigo como en un jirón de sombra que no defiende del invierno, sino de las miradas que acusan y señalan. Puedo verlo salir con ademanes furtivos, en las mañanas frías, de una de esas pensiones lóbregas con habitaciones tapiadas y olor a cuerpos vencidos en las sábanas sucias que acogen por una noche a los fracasados: en una pensión así cuentan que vivió M., el vampiro de Dusseldorf, que andaba por las calles mirándolo todo con sus ojos redondos de molusco y silbando con aire distraído las notas de una canción infantil que atraía misteriosamente a su regazo a las niñas de calcetines caídos y zapatos calados por la lluvia.

Quevedo, adelantándose dos siglos a la sensación, absolutamente moderna, de la soledad urbana, dejó escrito que el amor es *un andar solitario entre la gente.* Pero la peregrinación del enamorado, que ronda sin sueño un portal y una esquina y alienta la esperanza de hallar la exacta forma del deseo en todas las encrucijadas de la ciudad, es un viaje que en sí mismo lleva escrito el desengaño y el regreso.

El viaje de los hombres solos no tiene fin porque ellos saben que no hay victoria ni tregua ni posibilidad de huida. He hablado del vampiro de Dusseldorf, de la niebla y la noche en suburbios húmedos y de los ojos abiertos al espanto de Peter Lorre en aquella temible película de Fritz Lang: en el cine de terror en los años treinta está la clave que explica las fotos de Manuel Góngora y el desasosiego de estos náufragos que uno encuentra o persigue en las calles de Granada. Las caras atroces que nos miran, la máscara de la Momia, los ojos del Hombre Lobo o el rostro hendido de costurones de la criatura perpetrada por Víctor Frankenstein, no son máscaras del miedo, sino metáforas de una soledad que está en cualquiera de nosotros y cobra su sentido de persecución en las calles donde la multitud y la noche vuelven a los hombres solos ínsulas extrañas cercadas por una selva de pupilas hostiles que debe su nombre preciso a Thomas de Quincey: la tiranía del rostro humano. La raíz del miedo no habita en el peligro de que el Hombre Lobo esté acechando en un callejón mal iluminado, sino en la posibilidad de que uno mismo pueda convertirse en Hombre Lobo en la lenta metamorfosis que tiene lugar en una habitación cerrada, ante un espejo.

Mirando la foto de Manuel Góngora entendí por qué mi amigo Robinson se deja fascinar por esas criaturas solitarias que pasan por la ciudad como si cruzaran un desierto. Ciegos, mendigos, locos, borrachos, mujeres que hablan solas manoteando el aire, bujarrones sombríos que a la caída de la noche se deslizan hacia la espesura de los parques para esperar el amor, que a veces llega y se detiene junto a ellos en coches sigilosos. Llevan escrita en la frente una señal de ceniza, y su sola presencia desgarra las normas de la realidad y de la luz del día, abriendo en las calles fosos de locura y túneles de soledad cuyo tránsito conduce a habitaciones tapiadas y a pasillos mal iluminados donde los hombres fuman en huecos de penumbra esperando que una puerta se abra y les dé paso a otra espera tan larga que no siempre termina con la muerte.

MANHATTAN TRANSFER

Quiere la mitología que el héroe amargo de la ciudad presencie la venida de la noche recostado en el sillón de una oficina sórdida que iluminan, de modo intermitente, los letreros verticales de neón recién encendidos en las calles, listando el aire amarillo y rosa en breves resplandores que llegan a través de las persianas entornadas y no alumbran, subrayan, la penumbra y el desorden de la habitación o refugio donde el héroe, que acaba siempre de llegar o está a punto de marcharse, tiene puestos todavía la gabardina y el sombrero y fuma despacio y no enciende la luz para apurar así la indolencia de los atardeceres invernales. Robinson, algunas veces, se llama Philip Marlowe, pues tiene esa virtud de los impostores que les permite cambiar de nombre y aun de oficio según la hora del día o su estado de ánimo, que en el umbral de la noche suele ser saturnal y perezoso y empuja a Robinson a abandonar, como un amante infiel, la máquina de escribir y el folio intacto que de tanto mirarlo acaba por convertirse en un espejo y un pozo de silencio. El papel que espera, quieto como un lago, una primera palabra, es una gran pared blanca donde es inútil palpar con las yemas de los dedos en busca de una leve fisura o un resorte oculto que abra un pasadizo para la huida, porque el único modo de huir de tan duro trance es dibujar en la blancura helada una puerta y una cerradura y abrirlas luego con la llave de los sueños, que es tal vez la misma llave que alguien dibujó, sobre una mano abierta, en dos arcos de la Alhambra. La mano casi la alcanza, pero nunca puede asirla: Robinson, a un paso del papel todavía en blanco, tiene las dos manos suspendidas sobre la máquina de escribir su propia fábula, pero no llega o no se atreve a iniciar la escritura, y entonces finge que la derrota es una tregua y, dejando a un lado las temidas armas de su oficio, apaga la luz y se sienta junto a la ventana para mirar las luces que desde la calle suben a invitarlo al juego antiguo de las sirenas y Ulises.

Las sirenas habitan en bares o laberintos que abren sus plurales escenografías en cada zaguán de una extraña calle que traza en los límites de la ciudad una raya definitiva donde acaban sin heroísmo ni cenizas la historia y el pasado y todas las imágenes de Granada. Sirenas de falda breve y pintados labios y botas de Robin Hood saltan de los escaparates a las aceras sucias del Manhattan granadino o pasan con el pelo al viento subidas a la grupa de motos que restallan como relámpagos de metal cuando cruzan los semáforos en rojo. El viento arrebata de las esquinas densos olores de hamburguesas y *hot dogs*, y entre los coches alineados los niños golfos cuentan monedas en sus cajas de cartón y las ratas más audaces suben de las alcantarillas para explorar los montones de basura donde han volcado las botellas rotas que exaltaron a los borrachos del último amanecer. Hay bares que esconden al otro lado de una puerta mediocres islas del Pacífico inundadas por una luz azul de acuario o de prostíbulo, bares de hombres solos que aguardan tristemente la hora de una cita improbable, bares blancos como clínicas donde las estatuas de plástico se miran en los espejos y el aire se adensa cada noche en una fiebre de cuerpos enredados y perfumes.

La musa urbana de Baudelaire conduce a Robinson lejos de las plazas íntimas y de las calles donde cada portal es una invitación a la memoria. Debajo del asfalto que ahora pisa está la tierra adánica de la Vega, atravesada de cables y tuberías, pero de toda aquella geografía devastada sólo sobrevive, en un extremo de la calle, una casa con rejas de hierro y paredes encaladas que es la prueba, no definitiva, de que una vez hubo aquí una llanura de acequias escondidas y quintas blancas donde iban a retirarse en la Edad Dorada los granadinos nazaríes. Pero no hay ya en este territorio engaños para la nostalgia, pues nada queda que permita sustentarla: el tiempo detenido de los recuerdos se disuelve a cada instante en un presente bárbaro y perpetuo. Urge nombrar a esta ciudad que no cabe en los manuales y desdeña los linajes de la historia para entregarse sin remordimiento a las incitaciones de la moda.

La música y el alcohol entreabren algunas noches el camino. En un bar largo como un túnel los duros jinetes de antifaz y chupa de cuero beben ginebra canalla escuchando una música que sale a la calle para ofrecerle a Robinson una tregua antes de volver a esa habitación donde lo esperan la máquina y el papel en blanco. En el fervor del vino, el bar es el pasillo interminable de un tren lanzado en medio de la noche. Avanza Robinson, golpeado por la música, que tiene la violencia de una oscura rebeldía, y cuando entra en el retrete las paredes y el suelo adquieren súbitamente la forma de un tablero de ajedrez. Un paisaje de azules distantes y colinas pintadas en el muro abre al final del túnel el espejismo de un mediodía ilusorio. Pero tampoco ahí se encuentra la salida: Robinson sabe, y lo recuerda a medida que se acerca la hora de volver a la oficina sórdida donde se ha confinado la mitología al héroe de las ciudades nocturnas, que no hay modo de eludir el desafío y la cita con el papel que espera una primera palabra.

EL ÁNGEL EXTERMINADOR

La hermética ciudad contiene en su recinto fieramente amurallado sus santos y sus héroes, y aun un breve martirologio donde lo atroz se alía a lo secreto y el prodigio convive sin apuro con el crimen. La historia de la ciudad se inicia con la degollación imaginaria de siete varones apostólicos, y el mito alcanza su instante cenital cuando un hombre congelado por el miedo mira en su noche última los faros amarillos del coche donde lo condujeron al barranco de los condenados —Aynadamar, decían, fuente de las lágrimas— y escucha una voz que grita fuego en el mismo instante en que las balas voraces lo derriban sobre la tierra junto a los cuerpos, tirados como fardos, de un maestro cojo y dos banderilleros que no llegaron a eludir la cornada de los asesinos en la charlotada negra de la muerte. Sobre cada pozo de sombra de la hermética ciudad, que sepulta sus ríos y tapia sus balcones, se extiende una norma de silencio, y a veces no bastan ni los años ni el fervor del mito para romperlo, de tal modo que las voces sólo son indicios de los secretos que encubren y hay horas y nombres de la ciudad que sólo pueden desvelarse en confidencias sigilosas.

La hermética ciudad tiene sus santos y sus héroes, pero también su culpa que la infama como un pecado original y un ángel de piedra y bronce que le sigue prohibiendo el regreso al Paraíso. La culpa, como el ángel, no es visible a todas las miradas, y es muy probable que el viajero extraño no llegue nunca a percibirla. Sólo después del incendio de la Curia se ha visto sobre la ciudad, desde la Plaza de Bibarrambla, a un ángel súbitamente ascendido sobre el pináculo más alto de la catedral. El Ángel Exterminador se asoma a la plaza desde su atalaya de vértigo, blandiendo la espada de bronce y la palma de la consumación sobre los muros quemados y las ventanas vacías y abiertas a la noche del Palacio Arzobispal. Al filo de las ocho de la mañana, cuando el gris helado del amanecer se tinta levemente de rosa entre las ramas desnudas de los tilos, el ángel inmóvil surge de la sombra, precisando en la primera luz su apostura de funámbulo celeste que se dispusiera a cruzar hacia los tejados de Bibarrambla sobre un cable invisible de equilibrista milagroso. Hasta después del incendio no supimos que aquel ángel olvidado en las alturas azules estaba señalando con la palma tendida el sitio exacto del desastre, y la noche en que las llamas subieron por las ventanas y derribaron las techumbres, la claridad amarilla del fuego debió alumbrarlo con resplandores movedizos y prolongar sobre las calles desiertas su vasta sombra armada.

Dice Apolodoro que el incendio es la señal de que se ha roto el mágico equilibrio de la ciudad, sostenido, desde hace siglos, por la simetría de dos ángeles enemigos: el ángel de cólera y espada de la catedral y el otro ángel, más alto todavía, que desde la ermita de San Miguel ejerce su delicado influjo de garzón pagano con alas de escayola pintadas de purpurina y enaguas de puntillas. Las iglesias barrocas de Granada tienen pobladas sus alturas de arcángeles benignos semejantes al que de vez en cuando visitan en peregrinación enamorada los devotos de Federico García Lorca, pero nunca el ángel de la catedral ha cesado de blandir su espada sobre nosotros, pues la palma que sostiene en la otra mano no ofrece la paz, tan sólo invita a la sumisión.

Hay quien prefiere no mirar hacia arriba para no ver la perpetua amenaza de su gesto. Después de tantos años en que el crimen y la culpa de la ciudad no rompían su cerco de envenenado silencio sino para agregar calumnias a la memoria del poeta asesinado aquella noche de agosto de 1936 en que el ángel de la catedral lo señaló con su espada vengativa, hay quien quiere conjurar el maleficio de la muerte urdiendo pruebas de inocencia imposible. Publican el libro póstumo de Eduardo Molina Fajardo sobre los últimos días de Federico y uno tiene la sensación, al concluir su lectura, de haber leído una versión mediocre de la *Crónica de una muerte anunciada*: como Santiago Nasar, la fatalidad volvió invisible a Federico García Lorca. No había nadie que no supiera que iban a matarlo, sabían que estaba detenido y hubo quien lo vio salir esposado, camino de la muerte, vestido con una chaqueta de un pijama, como si a medianoche hubiera despertado a una pesadilla. Una ciudad entera presenció el lento ritual del crimen, pero nadie pudo parar a los verdugos, porque todos andaban como sonámbulos con los pies enredados en las lianas del sueño. La culpa se diluye así en trámites copiosos, en un catálogo de notificaciones rutinarias que concluyen no en la fosa de Víznar, sino en un papel con pólizas y firmas donde alguien ha extendido un certificado de defunción. Luis Rosales, desde Madrid, se ha apresurado a exculpar para siempre la ciudad de aquel crimen incensante. Granada, dice, es inocente, nadie de Granada intervino en la muerte de Federico. Como en las malas novelas policíacas, conviene que las sospechas recaigan siempre sobre un vago forastero que providencialmente rondaba por las cercanías.

«Tenga tu sombra paz», escribió Luis Cernuda en su elegía al amigo muerto, pero también la paz le fue negada. A pesar de los exorcismos rituales, que cobran la apariencia de una coartada o un recuerdo, la sombra vuelve y aparece una y otra vez en la memoria de la ciudad, igual que apareció una noche el Ángel Exterminador sobre los tejados de la Plaza de Bibarrambla. No hay ni una sola calle ni una plaza que no sean la explanada de Elsinor.

TODOS LOS FUEGOS, EL FUEGO

Uno de los inaprensibles seres que forman, según Jaime Gil de Biedma, la oscura muchedumbre de los enemigos, fue visto en la madrugada del cinco de enero huyendo del incendio fantasmal que silenciosamente consumía, en la niebla helada donde termina la noche, la tómbola de la definitiva mala suerte. Se vio una sombra que corría y sobre ella empiezan a agregarse testimonios que van configurando el retrato robot de un enemigo preciso, que a estas horas, me dicen, ha cambiado de sexo y se ha vuelto enemiga, empezando así a cumplir el destino común de todos los seres inaprensibles, el círculo de la persecución, la asignación de una culpa y una fotografía. No importa si ese alguien que fue visto corriendo a la luz de la gran hoguera amarilla era o no el portador del fuego: importa, y tal vez corrió porque lo sabía, que haya alguien a quien asignar la culpa, porque así el miedo a una vasta conjuración de incendiarios invisibles se resume en uno solo, y desde ese instante el perseguidor se vuelve perseguido.

Hay una antigua tradición en la materia. Existe, incluso, una tipología del incendiario que viene de los tiempos en que Nerón culpó del incendio de Roma a los miembros de una conocida secta religiosa. Pero quienes alcanzaron la más depurada maestría en la invención del enemigo fueron los nazis alemanes que en 1933 detuvieron, en la noche en que ardió el Reichtag, a un holandés que se llamaba Van der Lube y tuvo la mala suerte de ser comunista y andar en las inmediaciones del incendio cuando los filántropos de la camisa parda trajinaban todavía con las antorchas y las latas de gasolina. Era tan evidente su inocencia que su conversión súbita en enemigo público y la ceremonia de su ejecución cobraron la claridad de un aforismo matemático.

Las jóvenes atenienses que eran arrojadas a la voracidad del Minotauro debían ser no sólo inflexiblemente hermosas, sino también vírgenes. Una sola mancha en su blancura podía impedir que un toro fuese degollado en los sacrificios antiguos. De igual modo, el enemigo perfecto debe ser tan inocente que la culpa se ciña a él como el sambenito y la saya infame al condenado de la Inquisición.

El hecho de que se haya vuelto enemiga da un aire nuevo a la usura de los perseguidores. Lector precoz de aquellos folletines infinitos entre cuyas páginas, que olían delicadamente a papel antiguo, aparecían de vez en cuando ilustraciones lúgubres, tengo una imagen muy precisa de la enemiga, que tal vez sea útil para la investigación. Es una mujer madura y enlutada, de perfil aquilino y moño tenso, que trama contra la cándida heroína perfidias incesantes y atraviesa la mirada como un animal a punto de embestir. Camina sola, con los brazos cruzados bajo la toquilla negra, y si uno se cruza con ella por la noche debe santiguarse y hacer como que no oye el ruido de los fósforos en la caja que lleva en un bolsillo del mandil.

ESCRITO EN LAS PAREDES

Cuando las altas palabras de la libertad están proscritas en los libros y en el papel urgente de los periódicos y no pueden pronunciarse en público sin que alguien se apresure a tejer en torno a ellas la telaraña de una delación, hay siempre manos nocturnas que las escriben sin miedo en los muros de la ciudad trazando con un spray el garabato de la rebelión y huyendo luego a la sombra de los portales cuando al final de las esquinas surge un lento coche policial con sirenas azules y ojos espías. Las palabras que importan se escriben y dicen siempre, ya sea sobre el papel íntimo o la valla sucia de carteles, al filo de un precipicio, y por eso el ejercicio riguroso de la poesía ronda algunas noches de insomnio los límites de la locura, y la audacia de pintar una palabra prohibida sobre una pared termina en ocasiones en la persecución y aun en la muerte. En la noche cobarde de las tiranías se establece un duelo de pintadas y tachaduras feroces, y cuando al amanecer las gentes de bien acuden abrigadamente sumisas a su trabajo, encuentran en las calles y en los túneles del metro los indicios inquietantes de que al otro lado del miedo hay hombres y mujeres que se atreven a salir a cuerpo limpio para tomarse por su mano la libertad de decir lo que no puede ser callado, sabiendo que es probable que dos esposas o un disparo dejen roto el grito que estaban escribiendo, como le sucedió no hace tantos años a un hombre joven que fue definitivamente interrumpido por la muerte cuando empezaba a escribir sobre una pared de Almería unas palabras que nunca pudo terminar y que han hallado su prolongación más precisa en la delicada, casi secreta elegía, que Antonio Carvajal hizo en su memoria.

Pero escribir en las paredes no es sólo un arma de los tiranicidas, sino también un impulso natural de la poesía, que no siempre se resigna a esa forma de la vanidad o el olvido que los libros le permiten. Igual que espumas o algas en una playa recién abandonada por el mar, la crecida de libertad que traen consigo las grandes sublevaciones fracasadas deja al retirarse un rastro de carteles desgarrados y contraseñas en spray que sobreviven incluso cuando se ha borrado hasta la memoria del fracaso. Después de mayo del 68 y de los carros de combate en las avenidas de Praga, nadie ha vuelto a vindicar la primavera como programa político, pero todavía quedan en las ciudades pintadas anacrónicas que son el eco remoto de aquellos días en que la gente salió a las calles dispuesta a cambiar la vida y a cambiar la historia y a escribir por las paredes versos de Arthur Rimbaud. En tales instantes de rebeldía, que a veces duran años, el arte recobra su nunca vencida voluntad de huir de los museos, y la literatura intenta, inútilmente, romper la brida de los libros y regresar a los tiempos mitológicos en que los hombres la confundían con la vida y la cantaban en voz alta por las plazas públicas. En el primer fervor de la revolución bolchevique, cuando aún no había sonado el disparo suicida que dio lúgubre fin a la vida de Maiakowsky, los pintores de vanguardia dibujaban carteles que muchos años después han sido sepultados en el papel cuché de los manuales, pero que entonces tenían la urgencia de una consigna necesaria y se multiplicaban infinitamente por todas las ciudades para vivir el tiempo de una sola noche y perecer sin ceremonia cuando un nuevo cartel, húmedo de tinta todavía, ocupaba su sitio. Hacia los mismos años en que Meyerhold concebía en Leningrado desaforadas representaciones teatrales que ocupaban durante días y noches toda la ciudad y movían a sus muchedumbres en una unánime repetición del asalto al Palacio de Invierno, Borges, en Buenos Aires, escribía sus poemas en grandes carteles que luego pegaba por las calles con su hermana Norah.

He sabido que en Granada vive un clandestino sucesor de aquellas gentes indomables. Sé que está solo, que actúa de noche, que probablemente el desengaño de un amor sin porvenir lo obliga a andar por la ciudad buscando el temido sobresalto de una mujer que de espaldas confunde, para suplicio suyo, con todas las mujeres. Por la calle de San Juan de Dios he seguido con Robinson las huellas de sus pasos, que algunas veces se pierden y vuelven luego a aparecer como esas señales que dejan tras de sí los aventureros prudentes cuando se internan en el bosque de los cuentos. En las fachadas de San Juan de Dios, largo papel para sugerir un abandono entre grandes tramos de portales sucios y pasos de silencio, alguien ha ido escribiendo palabras, versos rotos de la «Canción desesperada» de Pablo Neruda. *Oh abandonado*, al saltar de las páginas y aparecer sin previo aviso en el tedio de la calle, los versos recobran su antigua fascinación, tienden de nuevo su celada. *Es la hora de partir, oh abandonado*, uno camina solo y de pronto, al mirar una pared, encuentra escritas las palabras que merece en ese instante exacto, y sube por la calle como si persiguiera el eco de su propia voz. *Oh sentina de escombros*, han escrito en una letra tan pequeña que parece destinada a que sólo unos ojos la descubran, *feroz cueva de náufragos*. Toda la calle se dilata para repetir los pasos de un hombre que escribe, posiblemente solo, que se sabe *abandonado como los muelles en el alba*, y que al final, rendido, cerca ya del fin de su peregrinación, añade a Pablo Neruda un melancólico propósito de Paul Valéry: *Il faut tenter de vivre*. Si los náufragos de otro tiempo confiaban su salvación a una botella lanzada al océano, los robinsones urbanos dejan escrito su mensaje, igualmente imposible, en las paredes de la ciudad.

LA DAMA Y EL UNICORNIO

Los gatos y los unicornios son los dos animales más hermosos que haya inventado nunca la literatura. De los unicornios, tenues criaturas albinas, se conoce su invencible propensión a la melancolía y una timidez que algunas veces termina por volverlos invisibles, de tal modo que andan siempre huyendo de la mirada de los hombres y sólo se acercan apaciblemente, y aun se dejan acariciar, por las muchachas núbiles. Robinson me ha dicho que en la lejanía de algunos atardeceres granadinos puede verse a veces galopar a un unicornio cuyo pelo blanco se confunde con la niebla de la tarde, y que no se parece en nada a esa cabra lamentable que un periódico reciente ha querido hacernos pasar por unicornio. Sé que Apolodoro guarda en la alacena más secreta de su casa un vaso hecho con el cuerno de tan melancólico animal, que tiene la virtud, según los bestiarios antiguos y la muy docta enciclopedia Espasa, de ser un antídoto infalible contra cualquier veneno que se vierta en él. De los unicornios, en suma, se sabe que son tímidos, que no existen, que algunas veces tienen crines escarlata. De los gatos no se sabe prácticamente nada. En las tumbas egipcias hay gatos de bronce que han permanecido inmóviles durante tres mil años, como parados en medio del otro mundo, y parecen a punto de despertar de su sueño para deslizarse entre los sarcófagos y la sombra, pero su presencia no es menos remota para nosotros que la de cualquier gato que nos mire fijamente en una esquina de la noche. Gatos inquietantes deambulan por las mejores páginas de la literatura, rozándose entre sí sin advertirse nunca, como los gatos innumerables que al anochecer se adueñan de los laberintos y ruinas del Coliseo de Roma, ruedo lunar donde parecen haberse congregado todos los gatos de este mundo, desde el gato negro de Edgar Allan Poe y los gatos golfos de los sonetos de Alberti hasta el gato doctoral de Julio Cortázar, que se llama Theodor W. Adorno y debe ser pariente lejano de un gato de porcelana que tiene Apolodoro como única compañía y que responde al peregrino nombre de Lao-Tse.

Después de la muy probable extinción de los unicornios, los gatos son ya los únicos animales mitológicos que quedan en las calles. Tal vez por eso saben siempre adueñarse de los lugares que transitan. Un perro es siempre un vagabundo, un siervo, un huésped tolerado. Un perro que anda solo por la calle es siempre una criatura humillada por la lluvia o perseguida por los automóviles hostiles. Pero, igual que basta un solo tigre para que toda la selva se convierta en su hermético reino, los gatos vuelven la noche y los callejones y los cubos de basura en las salas de un vasto palacio vacío cuyos únicos dueños fueran ellos.

El insomne Baudelaire descubrió que los chinos leen la hora en los ojos de los gatos, pero Lao-Tse, que a pesar de su nombre no es chino, sino tibetano, tiene otras virtudes que uno nunca hubiera sospechado viéndole tan quieto y tan de impasible porcelana en la repisa de la chimenea donde lo tiene Apolodoro. De noche, el resplandor de fuego brilla en sus pupilas de vidrio, y cuando la llama se aviva bruscamente parece como si guiñara los ojos en un rapidísimo parpadeo. Tengo razones para sospechar que el gato Lao-Tse revive en las noches de luna llena y escapa a la ciudad trepando por las enredaderas del jardín. No he conseguido averiguar su verdadero nombre, pero sé que su primer dueño fue el Dalai Lama.

Se recordará que cuando éste vino a Granada el pasado otoño puso particular interés en que se atribuyera la causa de su visita a un encuentro con la comunidad tibetana de la Alpujarra, pero el verdadero motivo, no menos estrafalario, permaneció secreto. Venía, en realidad, a visitar a mi amigo Apolodoro, de quien sabía su rara pericia para fabricar un licor de loto que otorga a quien lo bebe el privilegio del olvido, y cuya fórmula aprendió Apolodoro de un sabio apóstata para el que trabajó un tiempo en Alejandría como mancebo de botica. Llegaba el Dalai Lama aquejado de unas nostalgias pertinaces que turbaban grandemente el ejercicio de su ministerio, pero no bien bebió la copa que Apolodoro le ofrecía, su rostro, hasta entonces torvo, se abrió en una plácida sonrisa, pues había olvidado para siempre el amor que hasta ese instante le agraviara. En prueba de gratitud, quiso regalar a Apolodoro una canonjía perpetua en cierto monasterio de Lhasa, pero como el cabalista sefardí rechazara amablemente su oferta, por no querer abandonar su apacible casa y vida granadina, le regaló el gato Lao-Tse, preciada herencia de sus mayores, explicándole su antigüedad y las mágicas virtudes que lo habían hecho famoso en todo el Tibet. En las noches de luna llena, dijo el Dalai Lama, el gato Lao-Tse vuelve a la vida, pues su apariencia de porcelana no es sino la consecuencia de haber alcanzado la serenidad de la suprema sabiduría. Conviene entonces abrir las puertas y dejar que salga, y no seguirlo nunca, pues volverá siempre antes del amanecer para convertirse de nuevo en sosegado gato de porcelana. «Un día no vendrá solo», concluyó el Dalai Lama, «sino en los brazos de la única mujer que le ha sido destinada a usted en esta vida».

Desde entonces, Apolodoro no permite que nadie vaya a verlo en las noches de luna llena. Apenas anochece, abre la puerta del jardín y sube al palomar para ver cómo el gato Lao-Tse escapa por los tejados y se pierde en los callejones del Albayzín. Al amanecer, rendido de sueño, deja a un lado el telescopio y sus mapas celestes y baja muy despacio las escaleras esperando y temiendo que el gato de porcelana no esté tranquilamente adormecido y solo en la repisa de la chimenea.

MISTERIOSA ALHAMBRA

Muchos años antes de que las fábulas de los viajes románticos y las estampas de Gustavo Doré la rescataran del olvido, la Alhambra había cobrado ya el color de los sueños de los hombres, cuyas miradas, al cabo de las generaciones, la han gastado tanto como el sol o la lluvia o el lento tránsito del tiempo. Alta y prohibida, la Alhambra debió ser para los habitantes musulmanes de Granada tan inescrutable como la luna, y la sensación de secreto que dejaron en ellos las miradas de aquellas pupilas remotas la cubre a veces como un velo, y esconde al conocimiento el misterio más íntimo del Castillo Rojo. Los historiadores miran las cosas creyéndolas inertes en el espacio, y por eso su oficio excluye rigurosamente la poesía, pues un edificio o un cuadro memorable no pueden entenderse inmóviles en la pared de un museo o en una foto, sino que es preciso, para adivinar la vida que perdura en ellos, percibirlos en su constante e inadvertido viaje por el tiempo, y así cada año que pasa, el lienzo o los sagrados muros añaden a su historia y a su presencia el rastro leve de todas las miradas que se han detenido a contemplarlos, igual que los dedos de un lector van gastando las palabras y las páginas del libro que más ama.

El misterio de todas las cosas empieza siempre por su nombre. Yo conocía varias explicaciones posibles del nombre de la Alhambra, pero la más hermosa, no me importaba saber si la más verdadera, me la contó mi quimérico amigo Apolodoro una vez en que después de pasar la noche conversando junto al fuego sobre los gatos de porcelana y la máquina de coser el tiempo fuimos a ver cómo amanecía desde el mirador de San Nicolás. Ateridos de frío sobre la losa helada de un banco —Robinson se había marchado, pretextando el incurable aburrimiento que le producen los espectáculos de la naturaleza— mirábamos, en sobrecogido silencio, cómo el malva del cielo se iba volviendo azul sobre el blanco lívido de las casas del Albayzín. Frente a nosotros, la Alhambra, que unos minutos antes era todavía buque fantasma y adivinada sombra tutelar de la ciudad, levantaba su forma opaca, aún no herida por el sol, sobre la mancha oscura de los árboles. Yo me había levantado para defenderme del frío, pero Apolodoro me invitó con un gesto a que volviera junto a él.

—No se canse ni sufra, joven, queriendo contarse y contar lo que está viendo —me dijo—. Es imposible.

Yo iba a decirle, recordando algo que había leído en un libro de Octavio Paz, que la poesía consiste en decir lo que es imposible decir, pero en seguida me di cuenta de que no me haría el menor caso. Poco después me habló del nombre de la Alhambra. La llamaron Castillo Rojo, me dijo, porque en los años en que se construía la Alcazaba los albañiles no cesaban de trabajar ni siquiera por la noche, y así, en la cima de la Sabica, los muros recién levantados del castillo tomaban el tinte rojizo de las innumerables antorchas colgadas de los andamios para alumbrar a los canteros incesantes.

Las palabras de Apolodoro agregan una nueva imagen al hondo sueño de la Alhambra, y el resplandor de todas las antorchas iluminando lo más alto de la noche como una sola hoguera se impone victoriosamente, desde un lugar remoto de la memoria, a la tramposa Alhambra en tecnicolor que algunas veces encienden para asombro y deleite del turismo noctámbulo, cuando un conmutador infame expulsa la penumbra sólo mitigada por la luna para convertir los salones y los patios en una copiosa escenografía semejante a las que Hollywood solía perpetrar en sus películas de las Mil y una noches. La Alhambra debe ser rondada y lentamente perseguida, como se persigue un cuerpo, como se cultiva el deseo, imaginándola primero desde la distancia y luego desvelándola poco a poco, porque el gozo final no siempre importa tanto como las estancias y los pasos que a él nos han conducido. Hay que perderla, como se pierde un espejismo, cuando desde el Paseo de los Tristes la niebla de la noche llega a volverla invisible, hay que encontrarla súbitamente cuando se dobla un callejón del Albayzín, sentir el peso de su sombra mientras se sube la Cuesta de los Chinos o desvelar despacio la forma de sus torres en la noche sin luna. Es preciso mirarla desde todas las barandas de la ciudad antes de atreverse a tomar el camino que sube entre la doble acequia y la umbría sagrada que empieza a ser vencida por el humo infame de la gasolina y el estrépito de autocares brutales. Debe el viajero saber que está pisando la tierra de un cementerio árabe, y detenerse en el pilar de Carlos V para mitigar el cansancio bebiendo un poco de agua fría. Pero ni siquiera cuando ha llegado a la cima de la colina conviene que ceda a su impaciencia. Ronde las murallas, contemple, como el caminante que al llegar a una ciudad desconocida descansa unos instantes antes de cruzar sus puertas, el arco donde la mano y la llave le advierten que está a punto de cumplir su deseo, pero también que es posible que al final lo pierda.

Quienes lo pierden sin remedio, tal vez porque nunca lo han merecido, son esas gentes que extienden un mapa de la ciudad y trazan una línea recta entre su cuarto del hotel y el Castillo Rojo. El viajero que sube despacio la Cuesta de la Sabica los verá pasar a su lado, y cuando lo adelanten quedará unos momentos asfixiado por el humo de los coches, pero no por eso debe apresurar el paso. Es a él a quien espera la Alhambra, y para él solo han sido escritos los versos que crecen como geometrías vegetales en sus muros.

VIAJERO EN LA HONDA NOCHE

Sé de una hora de la noche en la que todos los taxis llevan un cadáver silencioso en el asiento trasero, una sombra derribada en la sombra que ve en el espejo retrovisor su propio rostro, desvanecido por el sueño, que sólo se alumbra un instante con la brasa del cigarrillo que ha encendido para apurar el último tramo de la noche.

Aguardan alineados junto a las aceras de las avenidas vacías para ofrecer un breve refugio o la posibilidad de una cálida huida, y sus luces verdes esperan o pasan velocísimas para confundirse con las luces lejanas de los semáforos. En ellos, a esa hora, cabe todo: la desesperación o la dicha, la pálida renuncia, el gesto hundido del fracaso. De día, los taxis van siempre a alguna parte, y hay en ellos la misma urgencia sórdida que empuja a las gentes borrosas del amanecer a subir en los autobuses que vienen de las fronteras de los bárbaros o a correr por las calles con la mirada fija en los voraces relojes de las tiendas, pero de noche los taxis huyen siempre, sobre todo en esa hora final en que se cierran los bares y el frío deshace en náuseas los fervores del alcohol. Tienen entonces, detenidos y blancos, la cruda claridad de una alternativa entre la plenitud y el fracaso, y uno, cuando sube en ellos, cuando abre la puerta y se desliza hasta el abandono hospitalario del asiento posterior, tiene un instante de lucidez en que por fin descubre lo que hasta entonces no supo o no quiso adivinar: la forma exacta de su destino inmediato, de esas horas que aún quedan hasta que el amanecer destierre a todos los aparecidos de la noche.

Robinson ama los taxis nocturnos como otros aman los coches de caballos o las góndolas de los canales venecianos. Como en ellas, al subir en un taxi goza de los placeres contrarios de la quietud y el viaje, de la certeza del destino elegido y el misterio del hombre que ante él respira y cuyos ojos puede sorprender mirándolo en el retrovisor. Tiene, igual que el capitán Nemo, el privilegio de mirar sosegadamente cómo suceden los prodigios de un mundo sumergido desde la invulnerable soledad de una cabina, que le permite verlo todo y al mismo tiempo mantenerse a salvo de las amenazas que surgen en la movediza noche, grandes pulpos con ojos como de lechuzas submarinas, fantasmas que duermen o acechan en los portales, siluetas que en los callejones oscuros establecen contra el viajero solo sus confabulaciones de navajas: también el taxi es entonces una salvación de fugitivos o cobardes, pero la conciencia de su poder puede convertirlo en un mensajero vengativo que cuando más cerca estaba pasa sin detenerse y deja al viajero varado en la soledad, que convierte en selva temible la cercanía de un parque donde brillan las pupilas del miedo y rondan animales sin forma conocida que algunas veces, cuando nadie puede verlos, abandonan la espesura y se atreven a invadir las calles vacías.

Mobilis in mobile, era el emblema del capitán Nemo y del *Nautilus*: moviéndose en la ciudad que lentamente se mueve camino del amanecer, los taxis huyen o pasan y llevan al otro lado de sus celosías rostros vencidos o cuerpos que sólo en la certeza de su secreto recinto se atreven a iniciar las primeras señales del deseo, sabiéndose espiados, aunque a salvo, sabiendo que ojos que no duermen y tienen la costumbre de la adivinación los miran en el espejo con la indiferencia y tal vez la ironía de quien conoce todas las historias de ese otro mundo que se cierra hacia el confín de la noche.

Robinson halla un muy privado placer cruzando de noche la ciudad en un taxi, sin hablar nunca, sólo fumando despacio y mirando pasar las luces y las calles que a esa hora se transfiguran en el territorio de una ciudad desconocida, camino del último bar o de una cita o de ninguna parte, pues el silencio y la sombra lo recluyen en su propia conciencia con una intensidad que nunca alcanza cuando anda solo y precisa emplear toda su voluntad en la constante elección de un camino o un ritmo para la indolencia de su paso. Para quien, como Robinson, fiel discípulo de su maestro Apolodoro, tiene la inagotable desidia de buscar siempre la distancia más curva entre dos puntos, el acto de subir en un taxi cobra la arrogancia de una decisión audaz, y hasta de un indicio de aventura, como si el impulso del motor que tan plácidamente lo lleva al espejismo que esa noche ha escogido o lo regresa al desengaño agregara un brío inédito a su vida: en la penumbra de un taxi, toda vida puede volverse imaginaria durante diez minutos.

Emboscadas en un misterio que no es ajeno al de los grandes expresos de la literatura y el cine, las mujeres más hermosas pasan en los taxis dejando en quien las contempla un instante el breve sobresalto de su belleza imposible. Pasan tan veloces que sólo puede encontrarse su mirada cuando el taxi se detiene en un semáforo rojo, y en seguida desaparecen en el tiempo, pero no todas ellas alcanzan el destino que previeron. Me han dicho que en la noche de todas las ciudades hay un taxi que conduce a los descampados de la muerte a los viajeros que en él suben. Se trata de uno solo y no hay nada en su apariencia que lo distinga de los otros, salvo que su conductor nunca descansa y que se esfuma al rayar el día. Los taxistas nocturnos saben de su existencia, pero no quieren nombrarlo por miedo a que nadie vuelva a atreverse a viajar con ellos. Dicen que sólo cuando el viajero condenado ha cerrado la puerta del taxi de la muerte descubre, con un escalofrío, que el rostro de su conductor no puede verse en el espejo.

LA ESTACIÓN FLORIDA

Si alguna vez llegara el tiempo de soltar palomas en los parques con estatuas, habría que elegir para tan clara ceremonia días como los de este mes de marzo en que la insensata primavera riza el rizo de su conocida extravagancia y ha tenido la audacia de adelantarse a los augurios de las tiendas de modas, llenando prematuramente el aire de las calles de un rosa entre proustiano y cortefiel que es el rosa de los espinos florecidos y de la nieve lejana en los atardeceres de la Sierra. Como septiembre, marzo ha venido escueto y rosa, y el cronista del instante que uno quiere ser, estableciendo ambiguamente su mirada entre la soledad de la escritura y las abiertas páginas de los periódicos, entre lo muy privado y lo público, anda de nuevo náufrago y desdeñado, sobre ausente, bajo el signo de don Luis de Góngora, pero también atento a las levas de zíngaros que la clemencia del tiempo trae de nuevo a las plazas y a las breves dosis de poesía que le regalan el azar de las calles y los anuncios de vallas y periódicos. En uno de ellos, un adolescente que puede ser el joven marinero de Luis Cernuda ofrece desusadas ropas masculinas, igual que un *dandy* de la futura modernidad que afirmara su orgullo en el papel del periódico como ante un espejo, ante la mirada cobarde que algunas veces se embosca para espiar detrás de los espejos. *Qué tengo yo que ver contigo*, dice o desafía, como si también él formara parte del general soliviantο que ha descendido sobre la ciudad cuando todavía no era el tiempo, cuando aún estábamos confinados en la costumbre sórdida del invierno y los amaneceres helados. Otros anuncios fomentan la monotonía del uniforme y la máscara, pero el muchacho de pelo turbulento y mirada oscura elige la diferencia y el desdén del hombre solo que aspira imposiblemente, como Baudelaire, a ser sublime sin interrupción y a vivir y dormir delante de un espejo.

En tales palabras está contenido el propósito heroico de Larra y de Balzac, de Oscar Wilde y del propio Baudelaire. Pero es a vivir, que no a morir, a lo que convida el joven del anuncio con su desafío, pues si la estética de los antiguos *dandies* escondía una moral de la desesperación, la suya es un velado ofrecimiento a la revuelta y al gozo impune que no teme o no sabe del pistoletazo de Larra ni de la celda amarga de la cárcel de Reading donde Oscar Wilde purgó el castigo de su audacia. *Qué tengo yo que ver contigo*, dicen al pasar las indiferentes sirenas de la primavera recién iniciada, qué tiene que ver con cualquiera de nosotros ese aire como de seda que irrumpe en las habitaciones cerradas cuando a media tarde se abren los balcones y el día se prolonga hasta una hora en la que ya debiera ser de noche y hacer frío.

En el tránsito circular de las estaciones algunas veces adelantan los relojes del tiempo: sucede así cuando al final de la tarde de agosto irrumpe la lluvia de septiembre, cuando el verano avanza hasta instalarse en un día de abril, cuando es invierno y florecen sin previo aviso los almendros, para ser decapitados en seguida por el frío y la niebla. Con parecida insolencia se han abierto en la ciudad las heladerías y han regresado a ella los músicos ambulantes que son como emisarios de un tiempo más cálido y libre de amenazas.

Como quien persigue desde lejos una música y se apresura para no perderla, Robinson sale a la calle y en ella gasta inútilmente el día hasta que cae la noche y al salir de un bar el viento frío amenaza con el regreso de febrero. Apolodoro, en cambio, extrema su cautela cuando advierte los primeros signos del tiempo que ahora se inicia. Pasa el día sumido en la escritura de la *Enciclopedia de la Desolación* (me dice que está a punto de dar fin al volumen segundo) y hacia las seis de la tarde baja del palomar y en el velador pintado de blanco que ha instalado en el jardín bebe despacio una infusión de cierta hierba que lo vuelve inmune al soliviantо de la estación florida. Y si a pesar de todo dicha estación se le aparece, como a San Antonio, vestida con las leves galas que le impuso Botticelli, Apolodoro sonríe tras sus gafas redondas y le dice en voz baja: «Qué tengo yo que ver contigo.»

LARGO ADIÓS QUE NO SE ACABA

Nada más abrir la puerta y entrar en la habitación vi sobre la mesa, junto a la máquina de escribir, la botella de cristal verde oscuro. Siempre he sospechado en los objetos que me cercan una vida impasible y espía, y cuando vi la botella, desconocida y quieta, fue como si alguien me hubiera estado esperando en silencio durante muchas horas, sabiendo que yo iba a volver y que su sola presencia me haría averiguar el sentido de una cita no buscada. Quise pensar al principio que yo mismo la había dejado allí la noche anterior, al lado del cenicero y del vaso vacío y las cuartillas que llenaban la mesa de tentativas de escritura lánguidamente fracasadas en la segunda línea. Pero no era una botella normal ni me habían servido para combatir inútilmente el desaliento de la medianoche, cuando las palabras no llegan y uno se convierte en la parodia de su propia e incesante voluntad de escribir. Era una de esas botellas antiguas de ángulos pronunciados y ancho cuello, con un tapón de corcho y sin ninguna etiqueta. Contenía una nota escrita en el reverso de una de las cuartillas que yo mismo había desechado. Reconocí en seguida la letra estrafalaria de Robinson, y supe, antes de leerla, lo que en ella me decía.

> *Usted y yo sabíamos que este momento iba a llegar. Desde hace casi un año, cada semana, usted se entretuvo en desvelar públicamente mi vida, en atribuirme un nombre, una tediosa identidad, en publicar, sin pudor alguno, secretos que sólo a mí me pertenecen. Usted me siguió día tras día por las calles de Granada, me fue inventando para enredarme en la esclavitud de ser un personaje suyo, y a medida que yo escapaba, porque tengo la costumbre de huir, usted me perseguía más hondo y me obligaba a una existencia congelada en las páginas de ese periódico en el que escribe. Yo, que soy un apátrida, me convertí por culpa suya en un habitante fiel de la ciudad. Yo, extranjero, corría cada semana el peligro de convertirme en una especie de emblema granadino. Incluso a veces sus amigos me reconocían por la calle, negándome así el privilegio de la inexistencia, el no ser nadie. Últimamente hasta me invitaban a asistir a esos actos culturales que usted frecuenta con propósitos no sé si confesables. No me queda, pues, otro recurso que la huida. Uno anda siempre huyendo del refugio de huidas anteriores. Me voy a otra ciudad, a otra isla donde nadie podrá reconocerme. Disculpe que me marche así, a la usanza de los antiguos náufragos, pero no hay disciplina más odiosa que la del adiós.*
>
> *Robinson*

Guardé la carta en el bolsillo y subí a casa de Apolodoro para contarle la deserción de Robinson. Hacía varias semanas que no lo visitaba, así que, como de costumbre, anduve perdido durante varias horas por los callejones del Albayzín. Al levantar la gran aldaba de hierro la puerta se abrió silenciosamente. Me vi desconocido y solo en el espejo del zaguán. Llamé a Apolodoro, sin atreverme todavía a internarme en la casa, pero no tuve respuesta. Sólo al cabo de unos minutos lentísimos que adensaron el silencio entré en la habitación donde en los días invernales nos reuníamos alrededor del fuego. Había cenizas antiguas en la chimenea y el gato Lao-Tse, erguido en la repisa, sobre un volumen de Scholem que en otro tiempo solía frecuentar Apolodoro, me miraba con sus ojos de porcelana inmóvil. Sobre su lomo tenso descubrí con tristeza una leve capa de polvo.

En la tapia del jardín comenzaba a florecer solitariamente un macizo de celindas. Había en el velador de mimbre pintado de blanco una tetera vacía, y junto a ella dos tazas en cuyo fondo quedaba un rastro amarillo. Subí los altos peldaños que conducen al palomar y me detuve un momento a mirar la Alhambra, acodado en la baranda de madera. Notaba en toda la casa, en las ventanas cerradas, en el silencio quieto del aire que ya anunciaba los largos días de mayo, esa tristeza que agobia los lugares de donde alguien acaba de irse para siempre. Como había previsto, en el palomar no estaban los mapas azules de las constelaciones ni el gran telescopio que apuntaba siempre a la luna o a las torres de la Alhambra.

La prueba definitiva la obtuve en el tercer sótano, donde una vez Apolodoro accedió a mostrarme sus dos inventos más audaces: la Máquina de Coser el Tiempo, o «Le Télémaque à vapeur», que sólo sirve para regresar a lo ya vivido y corregir así algunos recuerdos menores, y la máquina incruenta de cortar jazmines, en cuyo tenue mecanismo intervienen por igual el vidrio afilado de Bohemia y la ternura. Ni en el tercer sótano ni en ninguna de las inagotables estancias de la casa pude hallar la Máquina de Coser el Tiempo.

Sentado ante la chimenea donde tal vez nunca vuelva a encenderse el fuego calculé dos hipótesis, que pueden no ser incompatibles: que Apolodoro ha regresado a cierto verano —no sé si de este siglo— que algunas veces recordaba con particular deleite, y que creo situado en el gueto y las playas azules de Alejandría; que no ha regresado solo: sé que llevó consigo los mapas y el telescopio y el baúl donde guardaba las ya ilimitadas páginas manuscritas de la *Enciclopedia de la Desolación*, pero es posible también que alguien lo acompañara en el asiento trasero de la Máquina de Coser el Tiempo. Había dos tazas sobre el velador, y en una de ellas, en el borde, quedaban, casi borradas, unas señales rojas que pueden ser lápiz de labios, y que me hicieron sospechar que tal vez el gato Lao-Tse hubiera hecho cumplir por fin el vaticinio formulado por el Dalai Lama.

Al marcharme de allí sentí por primera vez todo el peso de la despedida. Recordé mi primera visita a la casa, las gafas redondas y las breves manos entrelazadas de Apolodoro, su manera misteriosa de abrir la alacena con cerrojo y celosía donde guardaba sus remedios secretos contra la melancolía o el fervor, sus incrédulas indagaciones en la Teología y en la Kábala. Recordé una noche entera junto al fuego en que las palabras importaron menos que el silencio y un lento amanecer helado en el mirador de San Nicolás. Con pasos rápidos y sin volver los ojos me marché de la casa y del Albayzín, porque la memoria avanzaba sobre mí como si también quisiera adueñarse del presente.

ÍNDICE

Nuevas ediciones de los libros más emblemáticos de Antonio Muñoz Molina

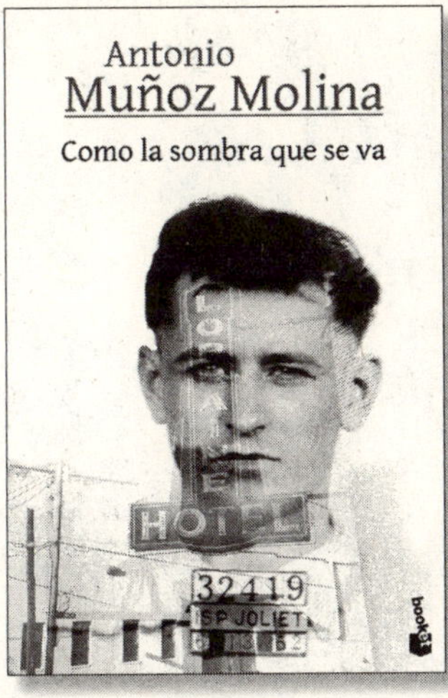